21世紀
地球対宇宙戦記

河村公昭

目次

序　章

近来のわれわれ人類の想像力に最も刺激を与えているものの一つがＵＦＯ「未確認飛行物体（Unidentified Flying Object の略）」であるといっても過言ではないであろう。

20世紀に入ってからそれらに関するニュースが増え、人々の関心も広がってきたが、その事象が不確実であり、具体的な証拠も掴めていないことからいろいろな憶測がなされている。そして、その対象が拡大して最近ではＵＡＰ「未確認空中現象（Unidentified Aerial Phenomena の略）」、さらに同じ略称でＵＡＰ「未確認異常現象（Unidentified Anomalous Phenomena の略）」へと推移しつつあるともいわれている。この未確認の事象が近年ますます増え続けていることからの展開の中では、空中現象とか異常現象とかの表現で対象を曖昧にせざるを得ない面があるのであろう。

しかし、私は当初に人々が感じた「ＵＦＯ＝未確認飛行物体」こそが刺激的であり興味を引き続ける対象であると思う。

この「未確認飛行物体」には二つの見方があるが、私は両方ともにありだと思う。

一つは、どこかの国が秘密裏に開発している軍事兵器をカモフラージュするために流している情報ではないかという説である。以前はＵＦＯを「空飛ぶ円盤」といっていたが、最近の目撃情報の多くは、ステルス機に代表されるような「三角形の飛行物体」であるというのもこの説を裏付けている。

もう一つが、宇宙からの飛行物体であるという説で、１９４７年にアメリカ・ニューメキシコ州の砂漠に宇宙からのＵＦＯが墜落したという、ロズウェル事件とエリア51基地が代表的な例とされている。これはその技術を独占するために隠蔽し機密情報扱いにされているという疑惑となって広がっている。


米国空軍は「プロジェクト・ブルーブック」を立ち上げ、20年弱をかけてＵＦＯの調査をして、66年には議会も公聴会を開いているが、結局、「さらなる調査は必要ない」とした69年のコンドン報告を経て、このプロジェクトは終焉をしている。

２０１７年、米国のニューヨーク・タイムズ紙が「米国防総省が07〜12年にＵＦＯの調査をしていた」と報道し、プロジェクト終了後も調査自体は続いていると指摘している。その後、同省にＵＦＯ担当部署が新設され、２０２４年３月、数々の疑問や関心に応える形で、１９４５年以降の米国政府の機密プログラムの包括的な検証結果を公表し、ＵＦＯが地球外知的生命体に由来すると確認した証拠はないと結論づけている。

しかしながら、私は、この広大な宇宙のどこかには必ず地球外知的生命体（宇宙人・異星人・エイリアン）が存在していると考えており、その宇宙からのＵＦＯをすぐに地球侵略に結びつけて考えるのはおかしいとは思いながらも、現在までそのような恐れにつながる具体的な事例がないことから、それほど深刻な問題として取り上げられていないことに大きな懸念を感じている。逆に、どこかの星の知的生命体が、いつか地球人のほうが宇宙侵略に向かうのではないかとの恐れから、地球の動きを偵察しているのだという説も出ているという。

現在のわれわれ地球人の対宇宙技術を考えると、地球外知的生命体の存在すら確認できていない現実の前に、すでに悠遠な距離を越えて地球上空に飛来しているとするのならば、彼らのテクノロジーはわれわれが到底及ばないレベルであることは明白である。

現在のわれわれには地球防衛能力と対宇宙戦闘能力がどの程度あるのか、そしてこれからなすべきことは何なのかを真剣に考えなければならない時期に来ているとの思いが、私が本書を執筆した理由であり、そのための問題提起である。

ここで、前提としている地球外知的生命体の存在について確認しておくことが必要であるが、そのためにはまずこの宇宙についての我々の認識を整理しておかなければならないであろう。

私達は夜空を見上げ、天体を眺め、そこに宇宙を感じるのであるが、厳密には、地上から１００㎞の大気圏を越えるカーマン・ラインの先が宇宙である。そこはもはや地球の重力がほとんど働かない世界である。現在の有人国際宇宙ステーション（ＩＳＳ）は高度４００㎞の地球周回軌道にとどまっていて、そこで宇宙空間における様々な基礎研究を行なっている。そして、われわれの日常生活に不可欠の存在となっている気象観測衛星「ひまわり」や通信衛星は、高度３万６千㎞の静止軌道にあり地球にデーターを送り続けている。

全宇宙の星は二兆個以上あるという「銀河」のいずれかに属しているのだが、晴れた夜空を見上げてすぐ目に入る大きな星座が「天の川銀河」である。この「天の川銀河」に属している星の総数が、宇宙全体からみればなんと1億分の1％に過ぎないというのであるから、想像を絶する宇宙の広大さを知らなければならない。

天の川銀河の近くには「アンドロメダ銀河」があり、「大マゼラン銀河」と「小マゼラン銀河」も肉眼で見える範囲にあるが、この銀河と銀河と間の宇宙空間は、星がほとんど無いダークマターというゾーンである。天の川銀河は渦巻銀河という形態でその直径はおよそ10万光年とされており、1光年は光が1年間に進む距離で約10兆kmであるから、もしこの光速で飛ぶ飛行体（秒速約30万km）があったとしても、この銀河を横断するだけでも10万年以上を要することになる。

この「天の川銀河」系に属している一千億個以上の「恒星」の内の一つが「太陽」である。われわれが住む地球が属する「太陽系天体」は、この天の川銀河の中心から2万8千光年離れたはずれにあり、恒星である太陽を中心とする軌道を廻り、太陽の重力の支配下にある8個の惑星（プラネット）と小惑星や衛星からなる星群である。この中心の太陽が太陽系の質量の99・87％以上を占めていて、質量が大きいということは、それだけ引力が大きいことであり、太陽により完全に支配されている天体であることがわかる。

地球と太陽との間の距離は約1・5億kmで、これを1天文単位（au）といい、われわれ地球を中心として宇宙間の距離を考えるときに使う。

太陽系の惑星の定義は、①太陽の周りを廻っていること、②十分に重く、重力が強いために球形をしていること、③その軌道周辺で群を抜いて大きく、他に同じような大きさの天体が存在しないこと、とされている（2006年に国際天文学連合総会で決定）。

太陽から一番遠い惑星である海王星（約30au）の先にある太陽系外縁天体（エッジワース・カイパーベルト）までは50au以上とされており、1930年に発見され、第9惑星とされた冥王星がこのベルト内にあるのだが、上記定義の③に該当しないことがわかり「準惑星」に格下げされた。

われわれにとって最も身近な天体である月は、地球から38万4千400km離れたところにあって、約27・5日（公転周期）かかって地球を一周している地球の衛星である。

月が常に地球に同じ面を見せており、その裏面をわれわれには肉眼では見ることができないのは、1回公転する間に1回自転しているからである。このように自転速度が遅いために、昼と夜との時間が長くそれぞれ約14日である。そして、ほとんど大気のない月の表面には、太陽からの電磁波（ガンマ線・X線・紫外線・可視光線・赤外線・電波）や太陽風が遮られることなく直接とどくために、昼は灼熱の110℃、夜は極寒のマイナス170℃となる。しかし、太陽熱の当たらない北極や南極のクレーターの底部には氷があるようだ。この大宇宙の距離感では、地球のすぐ側にくっついているような月がなぜこれほど違う環境になっているのかは、質量で地球の約80分の1、月面での重力が地球の約6分の1であり、表面に大気を引きつけておくことができないからである。

このように人間が生活するのにはとても適したところとはいえないが、豊富な鉱物資源には大変魅力があることが探査でわかっている。

太陽系天体でもう一つ忘れてならないのが「彗星」で、地球では数年に一度肉眼でも見えるほどの明るさで現れる。彗星は細長い長大な楕円軌道を描いて惑星の軌道を横切って太陽系を廻っている星で、主成分は砂粒や塵の混じった氷である。その軌道は周期が２００年以下の短周期彗星からそれ以上の長周期彗星があるが、軌道の中でも太陽から最も遠い点（遠日点）が１万ａｕ以上付近に集中していることを見出した、オランダの天文学者ヤン・ヘンドリック・オールトにちなんで名付けられた「オールトの雲」を彗星の故郷と呼び、ここが太陽系の最果てであるとされている。すなわち、太陽系天体の半径は少なくとも15兆㎞以上ということである。

１９７７年8月に打ち上げられたＮＡＳＡの無人惑星探査機ボイジャー２号は、１９８６年1月に天王星、１９８９年8月に海王星を通過して、２０１２年には１００ａｕを越えている。そして、２０１８年11月には太陽系外縁天体を越えて時速５・５万㎞で飛行しており、現在も情報を送り続けていることが確認されていて、動力燃料の原子力電池がもつ２０２５年以降も軌道をたどって飛行を続けるであろうと考えられている。

２００６年1月にケープ・カナベラル基地よりアトラスＶ５５１ロケットで打ち上げられたニュー・ホライズンズ号は打ち上げ13ヵ月後には木星を通過して、打ち上げ後約９年半後の２０１５年7月に世界で初めて冥王星に達している。

宇宙の果ては１３７億光年といわれており、それは私達から見える最大限ということでその先がどうなっているのかわからないということである。このように想像を絶する宇宙の大きさを、今見上げている夜空の中にわれわれの持つ距離感をおいて理解しようとするのは大変に難しいことで、間違った判断に導かれてしまう恐れがあることに常に注意しておかなければならないと思う。

さて、こうして再認識した宇宙の中で地球外知的生命体の存在を考えることになるのであるが、これまでにその存在が確認されていない事実の前に、どのような推論ができるのか興味のつきない問題である。

地球の生命体を構成している要素のほとんどが、水素、炭素、酸素、窒素といった有機物のベースになっている元素であることはわかっているが、これらは宇宙において最も多く存在する元素であり、したがって、地球外生命体の構成要素もまた同じ元素であろうと推定しても間違いはない。そして、水は水素と酸素の結合した物質で宇宙にもふんだんに存在しており、太陽から放射された紫外線は有機物を破壊し悪影響を及ぼすので、初期の生命体は有害な紫外線を避けるためにこの液体の水の中に留まっていたと考えられる。

ここで重要なポイントになるのが「液体の水」なのである。すなわち、いくら水がふんだんにあっても、それが液体になるためには特別な条件が必要となるからである。太陽系惑星においても地球の一つ内側の惑星・金星では地表面温度460℃と高温であり、水は蒸発して液体ではない。

惑星の表面温度は中心星（太陽系では太陽）が放射する輻射エネルギーと、その惑星との距離によって決まり、惑星表面上に水が液体として存在できるのは、中心星からのある範囲内に収まるのである。この範囲内が「生命の存在可能な領域」であり、ハビタブルゾーンといい、そこにある惑星を「生命の存在可能な惑星＝ハビタブル惑星」と呼ぶ。

地球は、水が大地の表面に液体として存在する理想的な条件を備えていた。言い換えるならば、太陽からの距離が適切であったのである。太陽系の中では太陽より0・7ａｕの金星公転軌道から、1・5ａｕの火星公転軌道の間がハビタブルゾーンである。

そして、もう一つ絶対に見落としてはならない、或いは間違ってはならないことは、その生命が成長して「知的生命体」になったことである。ただ生命体が存在することと、それが知的生命体にまで成長・進化していることとはまた別のストーリーである（知的のレベルには触れないとしても）。

また、現在までに行なわれた惑星探査（衛星も含む）の結果では、地下・地底に液体としての水または氷の存在が推定され、生命体の元となる有機物や微生物の存在の可能性が予測される星が見つかっているが、それは知的生命体ではない。

これまで、地球外生命体が存在する星として最も話題にされてきたのが火星であったとすることに異存はないであろう。それには望遠鏡による観察の時代から極冠に氷があり季節によって変化することや、薄いが大気をもち、固い岩盤からなる大地に大きな砂丘や川の跡などが見つかっており地球の地形に似ていることがあげられる。

そして、１８７７年イタリアの天文学者ジョバンニ・スキャパレリが望遠鏡で火星表面に複雑な編目模様を見つけ「カナリ（谷、溝）」と名付けたのだが、これを英語に翻訳する際に「カナル（運河）」と間違え、これを信じたアメリカ人パーシバル・ローウエルが１９０５年に知的構造物として確認できたと発表したことが拍車をかけた。

火星の気温は地球より相当低く（平均マイナス55℃）、大気の約95％は二酸化炭素（炭酸ガス）であり、大気圧は非常に低く地球の約１００分の１以下なので水は急速に蒸発してしまう。また、太陽の強烈な紫外線はオゾン層の少ない火星ではその強い殺菌力がまともに当たり、こんな環境で生き延びる生物がいるとは考えられない。

火星での直接的探査は１９６０年代からアメリカとソ連の探査衛星によって始められ、１９６５年マリーナ４号が初めて火星表面の写真をとり、１９７６年７月バイキング１号が地球を出発後11ヵ月かかって火星に到着し、初めて無人探査機をクリュセ平原に着陸させた。そして、送られてきた写真は岩石と小さな砂丘、漂砂におおわれた荒涼とした風景であり、採取された火星の土壌の中には有機物は見つけられず、生物がいるという証拠は何もなかった。

１９９７年には無人探査車が火星表面を調べ、水がかつては存在していた痕跡を見つけている。２００４年から２０１９年までに活動した探査車「オポチュニティー」は、層を成した岩石から数十億年前には湖や河があり水があったことを確認している。また、地下に広がる溶岩洞の奥では、岩石の微細な孔や隙間にわずかに水が残っている可能性が考えられ、それはなんらかの微生物が存在していたか、存在している可能性を示している。

しかし、2012年に火星の赤道付近に着陸したNASAの大型6輪駆動（自走）の探査車「キュリオシティ」の調査においても、これまでのところ火星人というような生命体はおろか、何らかの有機物すらも見つかっていない。現在、マーズ2020プロジェクトが生命の痕跡を探し、採取したサンプルを地球に持ち帰ることを目的にして進められており、さらに2034年から有人探査が行なわれる予定がある。

太陽系の8つの惑星の内、太陽に近いほうの水星・金星・地球・火星は主に岩石や金属でできた惑星であり、まとめて「岩石惑星」と呼ばれるのに対して、次の土星と木星はサイズが大きく、岩石と氷で形成された核（コア）を中心に持ち大量の水素とヘリウムをまとった、ガスでできているために「巨大ガス惑星」と呼ばれる。さらにその先の天王星と海王星は氷と岩石と周りのわずかなガスでできているために「巨大氷惑星」と呼ばれており、いずれも地面がない星である。

太陽系の中で最も大きく地球から6・3億km離れた木星には67個の衛星があって、その中でもガリレオ衛星とも呼ばれる4大衛星（エウロパ・イオ・ガニメデ・カリスト）は月よりも大きい星で、イオ以外の星には表面から数十㎞以上の氷がありその下に高圧の海が拡がっているとされている。美しいリングを持つ惑星である土星には60個以上の衛星があり、水星よりも大きくて、直径5千150㎞もある衛星タイタンには厚い大気の層と地表にはメタンの海や川があることがわかっている。しかしながら、ここで海といった液体の中には微生物などの生命体が存在する可能性があるとしても、それが知的であるとは到底考えられない。

わが地球が属する太陽系天体において、ここにある星々が惑星とその衛星だけではないことにわれわれはもっと関心を持たなければならない。火星と木星との間の距離は約3・7au（約5億5千万㎞）あり、地球と火星との間の7倍以上もある。この火星と木星の公転軌道の間にドーナツ状に広がる天体領域を「メインベルト」と呼び、ここには100万個以上の小さな岩石惑星「小惑星」がある。そして、現在までに62万5000個あまりの軌道が確認されて小惑星番号がつけられているが、その中で最大の星「セレス」でも直径950㎞しかない。この小惑星群の中で地球近傍を通過する軌道をとっている20万個ほどの直径100m以上の小惑星を特に「地球近傍小惑星」といい、2014年に打ち上げられた日本の「はやぶさ2」が、2020年に地球から約3億4千万km（2・3ａｕ）離れている「小惑星りゅうぐう」から採取した岩石資源の持ち帰りに成功したニュースをご存じの方も多いことであろう。

この「小惑星」について興味深いのは、すべて「岩石惑星」であることである。その大気環境は生命体が存在し得るものではないが、装備を整えればそこに着地できるという点において、知的生命体にとっては利用価値のある星であることに注目しなければならないのだ。

太陽以外の恒星の周りの惑星を「太陽系外惑星」と呼ぶ。２００９年に打ち上げられたアメリカのケプラー宇宙望遠鏡はこの系外惑星の観測を続け、２０１８年に運用停止になるまでに、50万個以上の恒星を観測した中の、少なくとも5千個を越える系外惑星の候補の内から2千３００個を確定している。大まかに見ても、恒星の内０・５％が惑星を持っており、天の川銀河系の恒星の2千億個の内には10億個の惑星があることになる。この太陽系外惑星の内で「生命の存在の可能な惑星＝ハビタブル惑星」がもし10％しかないとしても、それでも1億個となる。

太陽系に最も近い恒星は、ケンタウルス座アルファ星系の三重連星（三つの太陽があるような星群・三つの恒星）と呼ばれる星である。その内の一つがプロキシマ・ケンタウリであり地球から４・２光年離れており、その質量は太陽の７分の1である。

２０１６年にこの中心星プロキシマ・ケンタウリから７５０万㎞離れたところに惑星プロキシマｂが発見された。この星はわずか11日で公転しており、質量は地球の１・１７倍程度で大気があり、地表には液体の状態で水が存在する可能性があると推定されている。すなわち、天の川銀河系の中にあって太陽系に最も近いハビタブル惑星である。

太陽系外から飛来した物体について、議論を巻き起こしていたのがハーバード大学の天文学科長を務めていたアビ・ローブ氏である。２０１７年、ハワイの天文台が太陽系外から飛来し、地球の近くを通り過ぎた葉巻型の天体を観測した。その飛行速度などから、太陽系外から飛来した観測史上初の「恒星間天体」とみられ、ハワイ語で「最初の使者」を意味する「オウムアウム」と名付けられた。この物体は、太陽の重力で軌道を変え、再び太陽系の外へ飛び去ったのであるが、太陽の重力の影響だけでは説明できないほど速く飛行していることが判明した。そして、ローブ氏は「宇宙人の文明から、意図的に送られた探査機かもしれない」と指摘した。さらに、23年6月のブログに、14年1月に地球に飛来し「ＩＭＩ」と名付けられた火球の一部を海中から回収したと発表し、「人工知能を搭載した端末のようなものの可能性」を語っている。

ローブ氏の論には批判的な科学者も多いが、彼は「科学者たちはわかっているいることから逸脱することを恐れている。それは科学にとって良くないことだ」と反論している。

本書は、この広大な宇宙のどこかに必ず知的生命体として宇宙人・異星人が存在しており、彼らが宇宙船に乗って侵略を目的に地球にやってくるという前提からスタートする。

宇宙人については、すでに古典となっているＨ・Ｇ・ウェルズの小説『宇宙戦争』に始まり数多くのＳＦ小説に描かれているが、登場する地球外生命体も火星人から、どこにあるのかわからない星に住む異星人・エイリアンへと拡がってきている。また、突然現われた大型円盤宇宙船をテーマにした映画『未知との遭遇』、『ＥＴ』や『インデペンデンス・デイ』などではその母星にはまったく触れていないが、そのストーリーからみてその場所はどこであってもよかったのである。そして、かつてテレビで大ヒットした『宇宙戦艦ヤマト』、『スタートレック』や『スター・ウォーズ』などでは宇宙帝国とか惑星連邦というような世界が存在するという設定にまで空想が展開している。

さて、ＵＦＯが本当に宇宙からの飛行物体であるとするならば、その目的は何だろうかということが最大の問題である。もちろん単なる知的好奇心からの訪問ということもないことではないし、それだけであれば問題はない。考えられることは、彼らには必ず母星があるはずであり、そこに何らかの異常が起こり生存が脅かされる事態となったために、他の星への移住や侵略が必要になり、そのための調査ではないかということである。それが気候変動のような環境異変であれば民族大移住のような形になるのであろうし、資源枯渇であれば掠奪という形での行動になるのであろう。

そのような星の都合で宇宙戦争が勃発することが想定されるのであるが、先に挙げた最近の物語では、超未来に時期設定をして、ワープ航法とか人体の瞬間移動（テレポーテーション）とかいう、とてつもないテクノロジーを取り入れなければ、この広大な宇宙空間での戦闘が展開できないことになっている。しかし、それは大変興味あるアイデアと技術的設定であり、それなしではストーリーとしても成り立たないとは考えられるが、時間と空間を曲げるとか、時空をコントロールするとか、理論的には可能とされているとはいえ、容易に理解できるものではない。それを行なうためのエネルギーは何なのか、瞬間移動しているその間の物体・身体はどのような状態にあるのだろうかなどについて、納得できる説明はあまりなされていない。これらは、一般的には、ＳＦ（サイエンスフィクション・空想科学）といわれるジャンルなのだが、私は、空想とはいってもあまりにも非現実的で説明がつかないものは受け入れるのに限界があるし、科学技術の領域においては可能性と実現性のある範囲にあって、現代の私達の理解力で許容できるものでなければならないと考えている。まして、本書は今世紀における近未来の宇宙をベースにおいた問題提起である。

地球外知的生命体探査は、もしこの宇宙天体の中に知的生命体がいれば彼らは他の星に向かって意図的に電波を使ってメッセージを送っているであろうから、それを受信しようということから始まったといってよかろう。１９６０年にアメリカ国立電波天文台が始めたオズマ計画がそれであるが、当然地球からも発信・送信を行い、知的生命体であれば共通の概念であろう数字とか簡単な挨拶のような言葉などで関心を呼べるのではないか、と考えた内容のものである。もし仮に4光年離れた星に知的生命体がいて彼らが発信したとすると、電波は光の速さと同じ速度で進むのであるから、地球で受信したとしても4年後である。それを解釈・理解できて返信したとすれば、彼らがそれを受信できるのはさらにその4年後となる。これでは会話は成り立たないし交信にはならない。現在考えられているわれわれと地球外知的生命体との交流とはこのようなことなのである。また、彼らとの意思疎通のためにわれわれが持っている媒体としては電波以外にレーザー光線もあると考えられるが、それ以外のものでは対応できる手段がない。そして、現在のところこのような方法はまったく成功していないし、現代の地球の宇宙科学、テクノロジーをもってしては地球外知的生命体の存在する星を確定することができていないことは事実である。

しかしながら、先述したように、天の川銀河系内だけでも1億個もあるであろうハビタブル惑星の中には必ず知的生命体が存在する、或いは、地球人以外の宇宙人は絶対にいないなどとはいい切れない、と確信することが間違っているとはいえないであろう。

難しいのはその宇宙人をどのような生命体として設定するかであるが、その姿形をこれまでは、タコやクラゲのような手足と三角形の頭に目耳鼻口をもったようなものから、ほとんど地球人とそっくりともいえるようなものまでが考えられているようだ。知的能力のレベルとしては未来の最も進化した地球人を想定することもできる。

そして、そのような宇宙人の母星はどこにあるのだろうか。宇宙船の飛行速度を先に述べたボイジャー2号と同じ時速5・5万㎞として、この速度で1年間飛行してきたとすれば、約4・8億㎞離れた星から飛来したことになる。

もし地球侵略の目的が民族大移住であるとすると、戦略的にはそのために1年以上もかかって移民船で飛来してくるとは考えにくいのであるが、1年以内に地球に到達できる距離にその出発点があるとすると、それは火星と木星の間くらいの場所で先に紹介したメインベルトの小惑星帯となる。しかしながら、現在までのところ、この太陽系の中に地球人以外の知的生命体の存在は確認できていない。

一方で、もし地球侵略を資源掠奪を目的として図っている星があるとすると、その母星の地球からの距離はあまり問題にならない。途中に何カ所かの星を中継基地として置いておけば、掠奪した資源を時間をかけて輸送すればよいからである。このように考えるならば、この広大な宇宙空間の中にある無数の惑星の内に知的生命体のいる星は必ずあるであろうから、その内のどれが対象であってもおかしくないのである。

現在の民間の宇宙技術のレベルがわかる例として、2021年に民間企業による有人宇宙旅行が行なわれ、宇宙船がロケット推進で高度100㎞に達し無重力空間を体験したのち地上に帰還している。また、2021年9月に米宇宙企業アクシオムスペース社とスペースX社の宇宙船ドラゴンにより、民間人4人がISSに8日間滞在して帰還するという「低軌道宇宙旅行」という旅行ビジネスが行なわれた。そして、2024年には月面で人類が生活を始めることをめざすアルテミス計画が現在進められている。

これらは宇宙の平和的利用といえるような分野であるのだが、対宇宙軍事力という面で考えてみるとまったくの皆無といってもよい状態であり、それは対象とする具体的な相手が考えられないからである。

ＵＦＯの出現により人々の関心が宇宙や地球外知的生命体に向き始めたとはいえ、具体的な行動に移るまでには至っていないときに、地球全体を揺るがすような事件が勃発した。

第一章　地球侵略

2048年3月　UFO（未確認飛行物体）4機が突如現れ、それぞれカナダ東部、アフリカ西部、中国新疆《しんきょう》ウイグル自治区、そしてオーストラリア北東部の上空55㎞の地点で静止した。それは直径280ｍの円盤状で、通常の望遠鏡でもはっきり確認できた。

これらの国々はもちろんのこと世界各国政府も騒然としたが、さすがに、この状況ではどこかの国が飛ばしたものだとか、上空侵犯だというような非難は起こらず、直ちに国際連合は加入各国を召集して緊急に対策会議を開いた。そして先進諸国からの情報開示が求められたが、この事態に的確に対応できるだけの情報はどこにもなく、まったく不意を突かれたという有り様であり、地球外からのこのような具体的な行動に対しては完全に無防備であったことを露呈することになった。

ここに至って世界の第一の関心は、このUFOはどこから、何の目的で飛来してきたのかということであった。しかし、静止したUFOはそのまま動かず（実際には地球の回転と一緒に移動している）、こちらからいろいろと形を変えて信号を送信して相手の反応を待ったがまったく何の反応も示してこない。われわれはこれからどのような対応をすればよいのかについて、各国・各分野での議論が重ねられる中で、国連内の組織として「国連宇宙対策司令本部」を置き、「地球防衛軍ＥＰＦ」を各国が結成して国連の指揮下に置くことが決められた。そして、「国連宇宙対策司令本部」の最初の行動は、この上空55㎞に静止しているＵＦＯを調査するために、各国から選出した専門家を乗せた有人宇宙船を接近させることであった。そこで使用する宇宙船として、宇宙ステーションとの往復に使われている「スペースプレーン」の機体を改良することが近道であるとして、そのエンジン出力の増加と武装化を至急図ることとなり、アメリカとロシアが統一仕様のもとで担当することになった。また、これに平行して小型の宇宙戦闘機の開発が急務であると意見が高まり、ドイツ・フランス・中国・カナダなどにも要請された。

静止しているＵＦＯからは、ときどき小型の円盤機（艦載機であろう）が出入りして周辺１５０㎞位の範囲を飛行していることが望遠鏡で確認された。

８月、完成した「宇宙高速艇ＳＨＳ−１」がアメリカのケネディー宇宙基地から国連調査団を乗せて離陸、カナダ東部の上空55㎞に静止しているＵＦ

Oに接近した。

それは直径280mで底面はフラット、上部は3階の多層構造で頂部の高さは70mであり、機体表面は銀黒色でチタンと思われる。多くの大小のハッチが見られすべてが閉じられていていたが、艦載機の出入口であろう。こちらからの信号発信に対してはまったく反応がないが、赤外線照射により内部に熱反応が見られた。しかしそれが有機体であるかどうかわからないし、敵対的行動も含めてまったくの無反応が不気味であった。同時並行してアフリカ西部、新疆ウイグル自治区とオーストラリア北東部のUFOについても、各地域の代表調査団が近くの宇宙基地から出発して調査飛行を行なったがまったく同じ状況であった。

各地からの報告を受けた「国連宇宙対策司令本部」はさらに事態の推移を見守ることとし、こちらからは当面何らかの行動は起こさないことを決定した。


ここで、問題点の一つは、このUFOは地球を侵害しているのかということである。すなわち、地上55㎞は地球の領土内なのかということであり、あらためて考えると、われわれは地球の大気圏（地上100㎞）までが地球の領土であると勝手に決め込んでいるのではなかろうか。

　そして、いまここでよくよく考えてみると、現に地球上空に現われ静止しているＵＦＯがどこから来たのかはもはや問題ではなく、さらには、今までなぜ気が付かなかったのかを今更に問題にして追及しても仕方がないことであり、これから何が起こるのかこそが問題であることは明らかである。この事態になって考えられることは、前の章にも記したように、彼らの母星に何らかの異変が起こり、生存が脅かされるような事情になったために、他の星への侵略・移住が必要になったのではないかということである。

　そして、その条件に適った星として地球を見つけてそこに到達したのであるからには、いまここに飛来しているＵＦＯの異星人は、地球人以上の知能を有しているであろうことが容易に想像できる。われわれ地球にはそのような必要性がなかったからとはいえ、地球外生命体のいる星をまだ見つけることすらできていなかったのである。

　彼らとの通信、会話に考えられるあらゆる手段を試みても、まったく成果が得られないことや、静止したまま何らの行動も示さないことに、地球全体が、いいようのない不安で戦々恐々に陥ったままに時間が過ぎていった。

こうした中で、月の地球人類基地にいる駐在員から驚くべき報告が入った。

1969年にアメリカの宇宙船アポロ11号のアームストロング船長が人類初めての月面着陸をしてから、半世紀以上も経った2026年に人類の月への長期滞在が始まり、その後徐々に人数が増えて、この基地には各国からの約2千3百人の研究者や資源探査者が常駐している。彼らからの報告は、この月の裏側で何か大きな活動が進んでいるらしく、地球人ではない何者かがいるのではないかという仰天のものであった。彼らの活動の多くが地球に面した側に集中していたために、月の裏側にはほとんど関心が及んでいなかったことが盲点となっていたのである。現地には軍隊的な組織はないので、とりあえずの調査チームをつくり調べてわかったことは、そこにはすでに巨大な基地ができており、資源採掘のためらしい櫓や建物が並び、そして宇宙船と思われる機体が建造中であることであった。そしてアンテナのような通信設備は見当たらないが、人物らしい者の動きが多くはないが見られたということであった。この報告を受けた「国連宇宙対策司令本部」はいよいよ具体的な対応策を考えなければならないことになった。

２０４８年12月中旬、月の裏側から出発した大型円盤型宇宙船が太平洋マーシャル諸島上空の高度20㎞で静止した。それは、先に地球上空に来ている４機より二まわりも大きく直径３４０ｍあり、他のＵＦＯに対する中央司令船ではないかと思われる。

月の裏側で異星人による基地建設と活動が確認されてからまもなく、月面の地球人類基地に対して、「国際宇宙対策司令本部」は今後の軍事的問題への関与が多くなることを考慮してその指揮下に入る旨を決定した。それから３ヵ月を過ぎて、その間の彼らの活動情況については逐一報告が入るようになっていたので、この大型円盤型宇宙船の建造とその動きについてフォローしており、この地球への飛来は予測できていた。

彼らのこれからの行動と地球側の対応について検討・議論を始めようとしたとき、ほどなくして、先のＵＦＯ４機が急降下して地球上に着地した。これらの動きは国際宇宙ステーション（ＩＳＳ）や各国の地上施設から十分に観測されていたが、これまでのこちらからの通信・連絡の試みに対して、相手から何らかの反応や意思表示があるのではないかとの期待を持って待っていたところもあったので、恐れていたことが起こったという緊張は最高潮に高まっていった。

２０４８年12月末、「国際宇宙対策司令本部」はここに至って、彼ら異星人はこれらの着陸地を基地として地球侵略に向かうであろうことは明らかであると判断して、各国の「地球防衛軍ＥＰＦ」に対して迅速な対応・攻撃を指示した。

アフリカの着陸地は、ニジェールのアガデス西方３００㎞の丘陵地である。付近には人家がまばらにあり、ＵＦＯ着地の際に住民に十数人の死傷者が発生した。着地時の逆噴射ガスにより飛散した大きな石が直接ぶつかって亡くなった人や転倒によるもので、家畜の死亡損害もかなりあった。直ちにニジェール国軍とＮＡＴＯ軍を中心とした陸上部隊が出動して地上からの敵基地（ＵＦＯ）攻撃に入ったが、基地全体が防衛スクリーン（電磁シールド）で、直径３５０ｍにわたりカバーされているようで、地対地ミサイルが着弾前に爆発してしまった。これは起爆センサーがシールドに当たった時点で先に働いてしまうためであり、そのようなシステムをわれわれは必要としなかったため、開発していなかったものである。従来の火砲、戦車砲がわずかに効果を挙げたが、大きなダメージを与えるまでには至らなかった。

ここで敵基地から小型円盤型戦闘機が出撃してきてわが地上軍を攻撃してきたので、直ちに「国際宇宙対策司令本部」は地球防衛軍ＥＰＦ（アフリカ隊）の出動を決め、ＮＡＴＯ空軍も加わって、空中戦を交えた本格的な戦闘になった。敵機の火器はレーザービームでその威力は強力で劣勢を強いられたが、数で勝る地球軍が辛うじて対抗できた。

味方地上軍は兵士を増員してシールド内に潜り込み接近戦を試みたが、敵は機体のハッチを開き固定砲座からのレーザーの扇状照射で反撃してきたために、味方は大半の戦力を失う結果となった。さらに機体の上部から到達距離の長いレーザービームを放射して、自らの基地の周囲ほぼ６００ｍを制圧してしまった。このように、シールドで護られた敵基地はわが軍の空からのミサイル攻撃にも耐え、ほとんど損傷を受けていないので、このシールドを破る手段を早急に開発することが求められた。敵基地からの地上軍の直接の出撃はまだない。

カナダ東部の着陸地はラブラドル半島のケベック州ローレンシア台地の東端、近くの町はガニョンとラブラドルシティーで、カナダ有数の鉱山地帯である。州政府からの緊急避難指示が間に合って人的被害は僅少であったが、ＵＦＯの着陸時の逆噴射をまともに受けた、直下にあたる鉱山施設の被害は甚大で、周辺に大火災が発生した。「国際宇宙対策司令本部」からの指令を受けた「カナダ・アメリカ連合地球防衛軍」はおよそ８５０㎞離れたＣＦＢシェアウオーター空軍基地から連合部隊を出撃させ、空から一気に敵基地の破壊を目指して激しい攻撃を浴びせたが、アフリカの場合とまったく同じ展開となり、やはり基地の破壊は電磁シールドを破る手段がない限り困難であることがわかった。ケベック州知事は敵基地周辺８㎞の住民に退避命令をだ出し、戦車隊を中心にした重火器で装備した陸軍を配備して侵略に備えたが、敵は攻撃を拡大する意図を見せず、防御中心の構えを崩さずにいるために、双方睨み合いのような様相になった。

そして、考えられるあらゆる手段を用いて、交渉・意思疎通のための試みを続けるものの、依然として彼等からの反応はなく、不安のままに時間が経過していった。

中国新疆ウイグル自治区の着陸地はタクラマカン砂漠のはずれで、天山山脈と崑崙《コンロン》山脈がぶつかった地域である。近くの町はかなりの人口密度のあるカシュガルであり、ＵＦＯの着地に際しては近辺の建築物に被害が発生し、現場から避難する人々の混乱の中で相当数の死傷者が出た。

自治区政府は直ちに周辺住民およそ1万人に対して5㎞以上離れるように避難指示を出し、あらかじめ臨戦態勢を敷いていていた中国軍は素早く対応し、地上軍の前線基地を設営した。

しかし、出動した強力な戦車部隊の火力は、基地となっているＵＦＯの外殻を一部破壊することはできたが、やはりシールドに阻まれてミサイル攻撃は有効ではなかった。

ここでも敵の地上軍の出撃はないが、ハッチを開いて中から小型円盤型戦闘機が発進してきてわが地上軍に対して激しい攻撃を加えてきたので、これに中国空軍は最新型機を出動させ応戦した。敵の小型円盤型戦闘機は瞬時の垂直移動ができて、ミサイルにロックされても速やかに避けて、次の反撃態勢に移れるという驚くべき性能を有していることがわかったが、味方は優れた飛行技術でこれに対抗した。ここで、太平洋マーシャル諸島上空の敵大型宇宙船から発進した戦闘機も加わり激しい空中戦が繰り広げられ、ほぼ互角の戦いになった。しかし、敵は自らの基地の防衛に戦闘を限定しており、わが軍の飛行基地への帰投を深追いするようなことはなかった。

一方、この状況に敵大型宇宙船に対して、グアム島基地からアメリカ軍は地対空ミサイルを発射し攻撃を開始したが、ここでも電磁シールドでバリヤされており効果はなかった。また、ここから発進して高度2万メートルで中国本土に向かう敵戦闘機に対して、アメリカ空軍戦闘機が空対空ミサイルで追撃したが戦果は得られなかった。このような高度での空中戦に地球軍は慣れていないが、敵大型宇宙船によるグアム島基地への攻撃は行なわれなかったので、この太平洋南西エリアでの戦線はとりあえず拡大する様相はなかった。もしこの攻撃が行なわれていたらわれわれの基地は相当の損害を被ったであろうことは間違いない。

オーストラリア北東部の着陸地はクイーンズランド州マウント・アイザの南の丘陵地で、市街地からは100㎞以上離れていて、雑木だけが拡がる荒地である。しかしここの東部の台地には多くの市町村が集中している地域がある。慌てて出動したオーストラリア軍は現地で相手と交信を試みるもまったく反応が得られず、しびれを切らした形で敵基地に接近した歩兵部隊が、数年前から導入されはじめたＡＩ（人工知能）ロボット兵を先頭にして、機体のハッチを破壊して内部に侵入しようとした途端にハッチが開き、固定された砲座からのレーザー照射を浴びてほとんど全滅させられてしまった。ここでも異星人兵士が外へ出てくることはなかった。

陸軍に先行してタウンズビル空軍基地から出撃した戦闘機が空対地ミサイルでの攻撃を試みるも、電磁シールドでバリヤされた敵の基地に損害を与えることはできなかった。

ここで、国連の「地球防衛軍本部」は各地からの戦況と情報を受けて、地球の空軍の劣勢とミサイル攻撃が効果を挙げられないことから、戦略を長距離ロケット砲中心に切り替え、その上空を空軍機で徹底的にガードするように指令を出した。カナダの戦線ではアメリカのＧＭＬＲＳ（誘導多連装ロケットシステム）を、中国新疆ウイグル自治区の戦線では８９式多連装自走ロケットシステムを、敵基地から30～60㎞離れた場所に散開させて攻撃を行なった。そして、ロケットに組み込まれたＧＰＳが敵の妨害電波により有効に作動せず命中精度が損なわれたものの、ＵＦＯ本体の破壊にかなりの戦果を得ることができた。

アフリカの戦線では、少し遅れてユーゴスラビアから転送された、射程20㎞の７７Ｍ－Ｏｇａｎ.ｊが、また、オーストラリアではブラジルから転送したアストロスⅡが、同じように戦果を挙げた。

「国際宇宙対策司令本部」は敵側である異星人の動向を分析する中で、彼らの侵略意図が鉱物資源の獲得にあることが明らかであるという判断に固まってきた。彼らが着地したアフリカのニジェール、カナダ、オーストラリアは地球上では最もウラン及びチタン鉱石が多い地域であり、中国新疆ウイグル自治区はレアメタルであるネオジムの産地として知られている。依然として通信も連絡・意思疎通もできない状況なので、彼らが何を考えているわからないままであるが、いわゆる大幅な領土掠奪ということではなさそうである。

彼らの戦略が基地の防衛と周辺の制圧のみに専心し、われわれの軍事基地や近隣の都市への攻撃にまで戦線を拡大するのを避けていることから考えると、鉱物資源の試掘と地球軍の戦力をチェック・確認することが目的であろうという見方で、少なからず安堵の気持ちが広がってきた。

しかしながら、彼らがこれほどまでに地球の情報を知っていたことに対する驚きを隠すことはできなかった。これであらかじめ地球を詳しく調査していたことは明らかになったのであるが、空中からの探査と偵察でこれだけのことを知り得たとすれば、恐るべき知能レベルである。同時にそのことにまったく気付かなかったわれわれ地球側の無関心さを反省すべきではあるが、わかっていたとしても具体的に対抗する術があったのだろうか。

さらに、驚いたことは中国での戦線で撃墜された敵機から回収されたパイロットがすべてロボットであることであった。このロボットは戦闘技術をみても、極めて高度な判断力を有したＡＩロボットであり、このことから、今対戦している異星人の能力は、われわれ地球人を相当に凌駕しているのではないかという恐れを抱かせるには十分であった。

われわれも軍事面におけるロボットの有用性についての検討と開発を早くから行なっており、当初は無人システムとして兵器化され、コンピューターを介してコントロールセンターから遠隔操作されていた。今世紀初めのイラク・アフガニスタン紛争における、地上では地雷探査除去や無人戦車、空中では無人偵察機と無人爆撃機による誘導弾爆撃などが初期の成果であった。しかし、戦闘機のパイロットのロボット化までは技術的に進んでおらず、機のセンサーが捉えた情報がコンピューターセンターを経由してパイロットのヘルメットにディスプレイされ、直接頭の中に送り込まれるような形で対処するまでの進化にとどまっていた。

２０４９年8月、遂に敵の防御システム電磁シールドを破る手段が見つかった。それはカーボン微粒子放射であり電磁線との間に多量の放電を発生させることにより、エネルギーシステムのオーバーロードを引き起こさせることに成功したのである。この微粒子弾をミサイルとセットにして発射することにより、シールドを破壊して対象物を爆破することが可能になり、戦車からの地対地ミサイルと空中からの空対地ミサイルが、基地となっている円盤型宇宙船の外殻に大きな損傷を与えることが出来た。しかし、太平洋マーシャル諸島上空に静止していた敵大型宇宙船は、直ちに50㎞上空に移動してミサイル射程圏外に逃れ、地球軍の動きを監視する動きに移った。

9月中旬、「地球防衛軍ＥＰＦ」はさらに重火器を動員して各エリアの奪還に向かったのであるが、敵も本格的な攻撃態勢を敷いて立ち向かってきた。初めて前線に出てきた敵の地上軍は、ＡＩロボット兵が中心で異星人は4分の1程度という編成であったが、このロボット兵の戦闘対応能力、銃火器に対する抵抗力は極めて優れており、地球軍兵士は一対一ではほとんど対抗できない有り様であった。そして、初めて出会った異星人であるが、距離が離れていた上にＡＩロボット兵の陰にいて、その姿態をはっきりと見ることができなかった。地球人に似ているようではあるが身長は低く、宇宙服のようなものは身に付けていないことがわかった。

双方の戦闘に新たな展開が出てきたのであるが、敵基地周辺の制空権も握れない地球軍は数で勝る総合力をもって、辛うじて抵抗を続けつつ各エリアともに前線を維持するのが精一杯であり、「地球防衛軍本部」は戦略の見直しを図らざるを得ない情況になった。

その結果、アフリカとオーストラリアについては、その地域の被害が多くないことから考えて、現状を維持するレベルの防衛を続けることとし、まず、カナダと中国新疆ウイグル自治区の敵基地に対してはその完全破壊を目指して全戦力を投入するように、それぞれの支隊司令部に指示を出したのである。

10月初旬、中国新疆ウイグル自治区では周囲の建物は敵の空爆によりほぼ破壊され、基地周辺12㎞四方は無人となっていたが、中国西部地方軍は近くのミサイル基地と移動ミサイル部隊から中距離弾道ミサイルを敵基地に向け集中的に連続発射し、基地の殲滅を図ることにした。敵のレーザー放射によりその3分の1を撃ち落とされたものの、敵基地に大きなダメージを与えることができ、小型円盤型戦闘機の発進をほとんど不能にすることに成功した。ところが、急遽飛来して高度を下げた敵大型宇宙船の大光束レーザービームにより、中国軍のミサイル基地は一挙に破壊され基地機能を完全に失い、二次攻撃に移ることができなくなってしまった。しかし、中国陸軍の精鋭は敵基地の戦力が低下してきた隙をついて執拗に攻撃を続け、敵兵を基地建物の中に封じ込めることができた。

カナダでは、ハドソン湾ヘンリエッタマリア岬沖合にポジションを決めた、カナダ海軍のヴァンガード級原子力潜水艦からのRGM−84H−SLAM−ER型ミサイルの集中攻撃により、敵基地に相当の損害を与えることができた。

10月下旬、ここに至って、地球軍の攻撃により損害が大きくなり、拠点の基地を保持することが難しくなったと判断したらしく、敵異星人はカナダと中国・アフリカからの撤退を決め、オーストラリアの基地一ヵ所に戦力を集中する戦略に切り替えてきた。

　この三基地の撤退に当たって、彼らは自らの機体の一部を破壊し、小型化した宇宙船に改造して月基地に向かって戻って行ったのである。彼らとの戦闘においてわれわれには、敵の技術を少しでも、できれば無傷で取得できないかという含みを心底に持ちつつの対戦であったのであるが、それを察していたのであろう敵が撤退した跡には、それらしきものはまったく残されていなかった。

　その帰路は大型宇宙船がガードしており、それを追跡して攻撃を試みた地球防衛軍の空軍は厳しく牽制され、まったく戦果を挙げることができなかった。


　オーストラリアはウラン鉱石の可採埋蔵量が地球上で最も多い国で、敵の着陸地のクイーンズランド州マウント・アイザ地域はその代表的な鉱山地帯である。程なくして戻ってきた太平洋マーシャル諸島上空にいた大型円盤型宇宙船が先の着陸船の130m南側に着地し、基地全体は1㎢に広がった。

　11月中旬、オーストラリア・ニュージーランド連合空軍の地上攻撃機ホーカー・シドレーハリアーGR3Cが5機と、A－10AサンダーボルトⅣの4

機がタウンズビル空軍基地から出撃し、メルヴィル岬沖合に停泊したアメリカ・ニミッツ級航空母艦から発進したF／A－18Fスーパーホーネットが護衛する形で編隊を組み敵基地の攻撃に向かった。

しかし、あらかじめそれを警戒し基地の北東20㎞手前で待機していた敵の小型円盤型戦闘機群の迎撃に遭い激しい空中戦となった。それを抜け出した攻撃機5機が基地に空対地ミサイルの波状攻撃を浴びせたものの、着地している大型円盤型宇宙船の頂部砲座からの大光束レーザービームに捉えられた3機が撃墜されるなど、基地に与えた損害に比して、味方の損失は惨たるものになってしまった。

シドニーに指令部を置いた「南太平洋地球防衛軍」は空軍による敵基地攻撃の不利を認めざるを得ず、戦術を遠隔攻撃に変えることに決定した。まず、アメリカ南太平洋艦隊を中心とした連合軍艦隊をカーペンタリア湾に集結させ、艦対地ミサイルで敵基地を集中的に攻撃することにした。中心となるのはアメリカ海軍の最新型ズムウォルト級ミサイル駆逐艦で、この艦のミサイル発射機は垂直発射型（ＶＳＬ）であり、一定時間垂直に上昇したあとでミサイルは目標に向かって飛翔し、ＧＰＳ誘導と航法コンピューター等により性能は大幅に向上している。ミサイルはＭＫ57ＶＳＬモジュールである。射程距離６００㎞のトマホーク巡航ミサイルも併用される。同時に平行して内陸部からの陸軍移動ミサイル部隊による中距離巡航ミサイル攻撃も準備が進められた。射程距離２５０㎞のイギリス製ストーム・シャドウを発射できる、稼働式地上発射機を備えた12輪トレーラーがシンプソン砂漠の北端についたのは12月の末であった。さらに、オーストラリア陸軍機動部隊の３分隊も敵基地の６００ｍ周辺に散開し待機した。この間の敵の動きとしては、基地から周囲１５０㎞程度をときどき偵察機が飛行しているだけで、地上軍が姿を見せるようなことはなかった。

２０５０年1月初旬、地球軍は満を持して作戦行動に入った。海上と陸上から、同時に集中して発射された弾頭ミサイルは的確に敵基地の２機の宇宙船に着弾し、外殻を大きく破壊することができた。ここでも、先の中国での戦闘と同じように、敵のレーザー放射によりミサイルの３分の1を撃ち落とされたが、撃ち込んだミサイルの数量と二次、三次と波状攻撃を重ねたことが大きな戦果につながった。しかし、この宇宙船は外殻と内殻との二重構造になっているようで、内深部にまではダメージを与えていないことがわかった。わが軍のミサイル攻撃を受けてから3時間後に、外殻が大きく壊れたままで大型宇宙船が浮上して25㎞上空に避難したのである。

わが軍は驚きを隠せないまま、残っている最初に着地した宇宙船に対して、陸軍機動部隊の内部への突入を命じた。ここで、敵地上軍との戦闘が始まったのであるが、すでに接近戦では敵のロボット兵に敵わないことを経験しているので、わが方も開発してまもないAIロボット兵を先頭に立てて進んだものの、ロボット同士の対決では彼らの俊敏な動きに全く歯が立たなかった。しかし、確実に命中させ敵ロボットを破壊するために携行自動火器として選ばれたドイツ製のサブマシンガン・ヘッケラー&コッホMP6と、105㎜砲を備えたフランス製の火力支援装甲車AMX－10RCでガードされたわが軍の兵士は、じりじりと前進し敵を追い詰めて行った。ただ、この宇宙船は内殻部にも仕切壁とハッチがあり、そこで押し止められてしまい内部への侵入は叶わず、日没により、この日の戦闘は終わったのである。

この総力をあげての戦闘においては、まずまずの戦果として評価しながらも、この異星人の力量をあらためて知らされたとの思いも強かった。そして、今後の戦術としてもこの日と同様の作戦を敵を殲滅するまで繰り返すこととし、さらに有線誘導式大型ミサイルを装備するミサイル装甲車BTR－90（ロシア製）を5台投入することにした。

さらに、上空に避難した大型宇宙船からの逆襲も大きな懸念であることから、空軍の対応力強化も指示された。

この日の地上戦での何よりも大きな成果は、初めて異星人（エイリアン）を、死体ではあるが、４体獲得したことであった。その姿態は、身長１１０cm、両手両足、いずれも指は４本、そして顔面には大きな目と小さな鼻孔が少し尖った口の上にあり、耳はない。皮膚は無毛で柔軟なシリコン合成物質のようである。頭が大きく六等身というところで、内臓は地球人と大差はないようだが、脳の占める割合が大きく高度な知能の発達が窺われる。このことから彼らの思念の伝達は音声ではなく「テレパシー（精神感応）」だと考えられ、お互いの精神や思考を聴覚によらず他に伝えることができるようだ。したがって、これまでのわれわれからの通信による意思疎通を図る試みがいずれも成功しなかったことは、彼らの思念伝達が言語を持たないテレパシーによるものだとわかってみれば当然のことだったのである。但し、音に対して反応することは戦闘中の彼らの動作でわかっているので、音を感じる何らかの器官があるのであろうが、音声を発するか否かはまだ不明であった。また、顔面マスクの付いた宇宙服を着ていないことから地球の大気に対する適応性があることがわかった。そして、われわれが予想していた宇宙人の姿の中で、最も人間に近いものであったことは、知的生命体の肉体としてはそれが理に適っているのだとわかり、ホッとしたところもあった。

ここで、われわれが出会った最初の異星人として彼らを「アルファースト星人」と呼ぶことになった。

先に、彼らの母星の位置を考えるのに、地球侵略の目的が民族の大移住であるならば、地球に到達するまでに最長でも1年以内の飛行距離の範囲であろうと想定し、それは火星と木星との間くらいのところまでだろうと述べた。そこはメインベルトと呼ばれる小惑星群であるが、それは地球よりはるかに小さい惑星か衛星である。もしここに母星があり、何らかの異常が起こり、彼らの生存が脅かされる事態となったことが原因で移住地を求めて地球に来たのであればわずかな人口であり、それに必要な面積を確保できれば良いとしているのかもしれない。しかし、すでに述べたように現在までに、太陽系の中に地球外知的生命体は見つかっていない。そして、彼らの目的が、奪還した敵基地の跡から彼らが鉱物資源の採掘を試みていたことが明らかになったことで、資源枯渇のために、それさえ掠奪・確保できれば良いとして試みた地球侵略であったことは確かであった。このアルファースト星人の求めている地下資源はウランとチタンとネオジムであろうと考えられ、ウランは原子力エネルギーの素であり、ネオジムは磁石の素材であり、新しいエネルギー源と考えられている永久磁石・永久機関の開発が進んでいることが窺え、彼らの技術レベルの高さがわかる。

ここで敵に大きな動きがあり、大型宇宙船の飛び去った跡に残っていた機器を完全に破壊した後、自らの宇宙船を小型化して浮上させ、その跡地も破壊して、大型宇宙船とともに月に向かって戻って行ってしまったのである。

呆気にとられた地球軍は、その後を追撃することもできなかった。地球軍の攻撃によるダメージもあったであろうが、わが軍の力を認識し、余力を残して月面基地に戻ることを彼らが選んだのは間違いないであろう。そして、このように思っていたよりも簡単に侵略を止めて引き上げてしまったことから見ると、彼らは地球の高い気圧や大気中の何か、或いはバクテリヤやウィルスに対する抵抗力がなく、長期滞在が好ましくないことに気付いたのではなかろうかという意見も出てきた。

かくして、1年2ヵ月にわたった異星人・アルファースト星人による地球侵略戦争は地球側の防衛成功という形で終わり、地球全土は大きな安堵に包まれたのである。

しかしながら、彼らはどういう形でこの地球侵略を終わらせようとしていたのか、もし特定の地域を武力制圧して、資源掠奪に成功したとすると、それを鉱石のままで持ちかえるはずはないので、精練して母星に運搬する手段はどうであったのか、何よりもいずれ地球との意思疎通は可能になったのであろうか、などの疑問が不明のまま残っている。

これまでの推移を見ると、アルファースト星人の意図は地球侵略を徹底的に行い大幅に領土掠奪をしようという目的ではなくて、鉱物資源の掠奪が可能かどうかということで、まず地球の実力を確認しようとしたものであったと受け止めることができるのであるが、これまで空想の世界にはあったかもしれないが、現実的には予想もしなかった事態を地球人は経験したのである。

このような現実に直面した地球人は、今後に起こり得るであろうことを真剣に考えなければならないと、全世界に喧々諤々の議論が沸騰する中で「国連宇宙対策司令本部」の判断を注視した。そして、このアルファースト星人が地球侵略に執着しないで撤退していった理由を斟酌する前に考えるべきは、彼らの本国・母星はどこなのか、これだけの資材をどのようにして持ち込んだのか、われわれはなぜこれまで気が付かなかったのか、などの議論があらためて関係者の間で再燃した。こういう中で特筆すべき意見に、このアルファースト星人の欲しているのは地球の一部を借用したいというのではなかろうかとして、それならば平和的な解決法もあるのではないかというものがあった。

「国連宇宙対策司令本部」はとりあえず地球の危機が遠のいたことで安堵の気持ちを感じながら、依然として相手との意思疎通ができないし、彼らから得られるものが何も考えられない上に、すでに地球の資産のみならず人命にも損害が出ている状況のなかでは、彼らを徹底的に排除すべしという意見がやはり圧倒的であった。そして、この際彼らの月面基地を叩き潰し将来に考えられる危険を完全に排除すべしであるという主張が、他の如何なる意見をも圧して大勢を占めていった。これは地球人が戦闘好きであるか否かというような問題ではなく、地球防衛という、人類が初めて直面した事態ではもはや問答無用という結論だったのである。

２０５０年2月末、ここで「国連宇宙対策司令本部」の戦略は月面対策に向かって舵を切ることになった。

第二章　月面戦争

地球の唯一の衛星である月の探査は、17世紀に望遠鏡による観察から始まったが、1959年にソ連の探査機ルナ3号が月面裏側の写真撮影に成功して一気に進んだ。1966年ルナ9号が初めて無人探査機を月面「嵐の大洋」に着陸させると、1969年7月にアメリカのアポロ11号が「静かの海」に初の人類月面着陸を果たした。その後も有人探査機5機が月面着陸に成功し、月面探査車による地形調査や岩石採集が進んだ。しかし、予算削減を理由にアメリカでは1972年のアポロ17号を最後に月面での有人探査を終え、それ以降は宇宙ステーションプロジェクトに移っていった。各国もそれに追随し、現在は有人国際宇宙ステーション（ISS）が高度400kmの宇宙空間を周回している。

月の直径は3千475kmで地球の0・27倍であり、表面の一周距離はおよそ1万1千kmである。現在では詳細な月面図が作られているが、それは月の表側、すなわち地球に面している側だけで、月の裏側についての調査はあまり進んでいないのが実情である。

月の表面は凸凹しており、その凹地をクレーターといい、火山性クレーターと隕石の衝突によるクレーターとがあるが、38億年前以降は大きな衝突はないとされている。

クレーターは小さいものでは直径１kmからあり、最大のものは南極にあるエイトケン・ベイスンという直径２千５００km、深さは13kmである。小さいクレーターほど直径に対する深さの比率が高く20％程度もある。

月の表面で平らな部分を「月の海」といい、山脈やクレーターが回りを囲っている。これは巨大な隕石が衝突した際に内部のマグマが噴き出してその溶岩流が拡がったエリアであり、流動性に富んだ玄武岩質で10～35ｍの厚さを形成している。先に書いた「嵐の大洋」「静かの海」は45億年前にできたことが調査でわかっている。月の裏側はクレーターだらけで海は少なく、まだ探査の進んでいないところが多い。

月の岩石には純度の高いチタンが含まれており、ウランもあるが鉄は少ないことが分析の結果として報告されている。そして、月は地球の引力下にあるために、内部に偏った質量分布ができて地球に見える側により多くの鉱物が集まっていると考えられている。

２０２４年にこの月面で人類が生活をするというアルテミス計画が立てられ、２０２６年に38人の研究者を中心としたグループによる「月面地球人類基地」ができ上がった。

ここから人類の月での長期滞在が始まり、その後徐々に人数が増えていき、2050年現在のこの基地には、これまでに各国から集まった研究者や資源探査者に加えて、急遽呼ばれた軍事関係者を含めて約2千500人ほどが滞在している。

ここであらためて問題になるのは、「月は地球の領土なのだろうか」という、これまで真剣に考えられたこともない話である。1967年に「宇宙条約」ができて、月をはじめとして、各国が開発した宇宙空間にはどの国も領土権を持たないということが決められているが、それは地球上の各国の主権のことであり、「地球の宇宙における領土権」となると、それこそ宇宙連盟でもできないかぎりは議論にならない問題であろう。

しかし、月は当然に地球の領土であるという無意識に持っている観念と、その月に地球侵略の基地となるようなものが造られているという現実の前では、それは絶対に阻止、排除しなければならないとすることに対して、どこからもまったく異論が出ることはなかった。

すでに、アメリカには2019年に陸空海の三軍のほかに宇宙軍（スペース・フォースコマンド）が創設され、中国・ロシア・インドなどにおいても同じような状況にあった。しかしその任務は、各国が打ち上げている多くの人工衛星を宇宙ゴミ（スペースデブリ）などとの衝突から保護するとか、衛星を使ったサイバー攻撃を監視するなどの他には具体的な活動の場があったわけではなく、国防上の対衛星攻撃兵器対策も机上のものであった。

宇宙空間での戦闘とは地球外知的生命体・異星人の存在を想定することに他ならないのであるから、空想的なイメージは別として、それに対応する準備などはまったくしていなかったのである。

ここで「国連宇宙対策司令本部」は、「地球防衛軍ＥＰＦ」に対して「国際宇宙軍ＩＮＳＦ」を結成するために、まず、宇宙飛行士を育成・訓練できる施設を保有している主要各国に、宇宙旅行・無重力下での活動に対する適性をパスした兵士を1千200名選抜するように指示した。そして、月面の軍事基地完成後直ちに派遣し、陸軍と空軍に分かれて具体的な戦闘訓練を行なう第一次要員として備えることにした。

ついで、先に完成した「宇宙高速艇ＳＨＳ−1」では今後予想される事態に対応するには不十分であり、小型宇宙戦闘機を搭載でき、多くの兵員を収容できて武装を強化した、「宇宙戦闘母艦」の開発が急務となった。そこで各国にはその得意分野と生産能力をフルに活かしてこれに対応することが求められた。その中で、最も議論されたのはそのエンジンであり、最適なエネルギーは何なのかということであった。

地球の大気圏を突破して宇宙に飛び出すためのスピードを「第一宇宙速度」といい、秒速7・9㎞（マッハ約24）であり、ついで地球の重力を完全に振り切るためのスピード「第二宇宙速度」は秒速11・2㎞（マッハ約34）である。さらには、太陽系から脱出するためのスピード「第三宇宙速度」は秒速16・7㎞（マッハ約50）である。

地球の重力に抗してどのくらいの重量を空間に止めておけるかを「推力（単位は㎏）」といい、宇宙への打ち上げ用のロケットではこの値が大きいものが求められる。

現在の、いわゆる宇宙ロケットは「化学ロケット」で、そのエンジンの燃料は固体燃料と液体燃料の2種があるが、いずれも真空の宇宙空間を飛ぶので燃料を燃やすための酸素を別に携帯する必要がある。すなわち、「燃料＋酸化剤＝推進剤」を燃やしてガスを発生させ、同時に大量に発生する熱で急激に膨張したガスを「ノズル」から噴出させ、その反動で推力を得るのである。エネルギー論的には、化学エネルギーを燃焼により熱エネルギーに換えて、ノズルにより運動エネルギーに変換する、というシステムである。

「固体推進剤」は燃料にアルミニウム粉末、酸化剤に過塩素酸アンモニウム、粘結剤（バインダー）にポリブタジエン、それに燃焼速度調節剤と可塑剤を加えてコンポジットにしたものである。固体ロケットの長所は構造が簡単でオペレーションが容易であることにあるが、短所としては大型化が難しく、制御しづらいことである。

「液体推進剤」は、燃料に液体水素、ケロシン、液体メタン、ヒドラジン系燃料を、酸化剤に液体酸素、四酸化二窒素が用いられる。液体ロケットの長所は制御しやすいことと、大型化が容易であること、短所は構造が複雑でオペレーションが難しいことである。

一方、宇宙空間航行で求められるロケットは、推進剤の噴射速度が大きく、高速まで加速できて、それが長く持続できるものであり、「比推力（単位は秒）」の大きいものが選ばれる。

新しいロケットエンジンの中で開発が進んでいるのが「電気推進」で、推進剤ガスを電磁的に加速・噴出するものである。その内で「イオンエンジン」はキセノン、ヨウ素、セシウム、などのガスを電力（太陽電池、原子力発電、原子力電池）でイオンにして、静電場で加速して高速のイオンビームとして噴出するものである。同じく「プラズマエンジン」は推進剤ガスを電気放電によってプラズマ（イオンと電子の混合気体）にし、直接電磁的に加速して噴出するものであり、いずれも電気エネルギーを熱エネルギーに変換しないで、直接運動エネルギーにするものである。これらは長時間を低推力で飛行するケースに適しており、すでに宇宙探査機に使用されている。

現在最も有望で実用化が期待されているのは「原子力ロケット」で、液体水素に核融合または核分裂によって発生させた熱エネルギーを与えて高速で噴出するエンジンを備えるものである。大気圏でもマッハ24が可能とされているがこれの実用化のためには小型原子炉とともに、数万度の高温ガスに耐える材料の開発が不可欠であり、まだ実験段階である。

かつてTVで人気だった『スタートレック』に登場するエンタープライズ号に使われていた「光子ロケット」は、光子を放出してその反動で推進力を得るとされている。それには素粒子反応（物質と反物質の衝突）が必要で、原理的・論理的には可能といわれているようだが、私にはイメージすることすら難しい、非現実的なものである。

スペースシャトルや人工衛星の打ち上げに使われている宇宙ロケットと宇宙空間を飛行する宇宙船には、ともに推進剤を用いるエンジンであっても、それぞれに最適な燃料や形式が選ばれている。大気圏内では空気を利用して飛行するスペースプレーンも、これを改良した「宇宙高速艇ＳＨＳ―１」も出力を増強した化学ロケットエンジンで推力を得るものである。

新しく開発が急がれている「宇宙戦闘母艦」は全長２９０ｍ、最大横幅１４０ｍという巨大な宇宙船（形式的にはロケットプレーン）で、航空母艦と潜水艦を合体させたような形状になることが設計段階でわかってきた。そして垂直離陸型が採用されることになり、最大の出力は地球の重力を振り切り宇宙に飛び出るときに必要になるが、地上から垂直に浮かび上がり前進に移るときのエネルギーも膨大なものであるので、着脱式の補助エンジンを付ける必要が検討された。しかし、まったく新しい方式のエンジンも、また推進媒体もすぐに開発できるはずもなく、従来の技術をベースに大型化と効率化を図ることに全力を投入するようになった。そして、無重力の宇宙空間での活動ではプラズマエンジンを主体とするように月面基地において改造することが考えられた。

小型宇宙戦闘機の開発もまったく新しい必要性が生じたことで、要求性能が何なのかから取り組まなければならなかった。この面では地球上と大きく変わることもないと想定されるが、無重力空間が舞台となるので推力に大きなエネルギーは必要なく、機体の強度もそれほど重要な要素とはならないと考えられる。そして、宇宙での戦闘機の形状としては、地球上のような大気中での空気抵抗や気流のない宇宙空間での飛行であるため、スマートな流線型とか三角翼とかは必要がなく、全方位での視界と銃口と、四方に素早く移動できる推進システムこそが必要となるので、極端にいえば真四角でも良いのである。敵の宇宙船や小型戦闘機が円盤型であるのは、全く理に適っているのである。

その上で、この小型宇宙戦闘機は宇宙戦闘母艦からの発着のケースが多くなると考えられるので垂直離陸型が早々に選ばれ、最も重点が置かれた武装面ではミサイルや機銃の有効性の検討、新型プラズマ兵器の小型化が課題にされた。

とにもかくにも、主要国の軍事関係者の頭の片隅に漠然としたイメージでしかなかったことが目の前に突きつけられて、初めて「地球防衛」という意識が一挙に全世界を一体化させ、アルファースト星人を月から追い出せという強い声が溢れかえってきた。

さて、月の裏側にある敵基地を攻撃するためには、「月面地球軍事基地」を設営して、そこに相当数の地上部隊と武器、戦闘車両等を派遣、搬入しなければならない。そのための輸送手段として、いま開発を急いでいる「宇宙戦闘母艦」のほかに「宇宙大型運搬船」が必要であり、月までの38万㎞を短時間で往復できるものでなければならない。まさに地球が持っている技術力、工業力のすべてが試されているという事態に追い込まれてきたといえよう。

また、月面での活動、まして戦闘行動となると、兵士が身に着ける宇宙服の改良・軽量化も必至である。月面の温度は、マイナス170℃以下からプラス110℃以上で、大気がないため一定に温度を保つことができない。

それ以上に問題であったのは、月面および宇宙空間で有効な兵器についてのわれわれの知識が十分ではなく、既知のものがどの程度使えるのか確認をしなければならないことであった。そもそも宇宙空間でも黒色火薬は効果があるのかから始まったが、これはそれ自身が酸素を含んでいるので、その爆発力は対象物の破壊に有効であった。そして、まず各国が秘密にしている情報を完全にオープンにすることを求め、中心となる武器は「プラズマ兵器」であることで一致した。プラズマとは、原子（イオン）や原子核、電子などの荷電粒子からなる混合気体で、宇宙空間では中性子粒子線が使われ、光速の90％の速度で粒子ビームとして発射され対象物体を破壊するというものである。また、超X線レーザー兵器は凄まじいX線（指向性エネルギー）で高熱プラズマを生み出すものである。さらに、新しいロケット型兵器と大型レールガンの開発、改良も加速することになった。

しかしながら、アルファースト星人の兵器が、先の地球戦線で苦しめられた強力なレーザービームの他にどのようなものがあるのかは、これまで宇宙空間からの攻撃をまったく想定していなかったわれわれには考えの及ばないところであった。

２０５０年4月初旬、「国連宇宙対策司令本部」は「月面地球軍事基地」を設営するにあたり、場所の選定を慎重に検討した結果、月面北西部の「雨の海」に決めた。そこは東西で１千１６０㎞、南北で７４０㎞の広さがあり、周囲は高い山脈に囲まれ、海の西部には「虹の入江」という直径260kmのクレーターがある。

3月に完成し出発を待っていた「宇宙大型運搬船」の第1号機が、地上部隊300人と武器・車両などを積み込んで中国・海南島の衛星発射場から、超大型宇宙ロケットに抱かれて出発し、高度100kmの地球大気圏を越えたところで切り離され、月に向かった。これは地球の重力を突破するために要する膨大なエネルギーをロケットに分担させるためで、今後も基準になる方式である。この宇宙ロケットはこれまで最も実績のある日本の液体燃料ロケットH−ⅡA型をオリジナルとして大改良したものである。

続いて6月、「宇宙戦闘母艦」1号艦が完成。翌7月、艦内戦闘員85名とともに、これも新しく開発された垂直離陸型小型宇宙戦闘機35機と国連空軍部隊60名を乗せてアメリカのケープ・カナベラル宇宙軍基地から月に向かった。

「月面地球軍事基地」は「雨の海」のほぼ中央部でルベリエという小さなクレーターの南側に建設されることになり、「宇宙大型運搬船」によって運び込まれた資機材によって工事が始まり、作業は急ピッチで進められた。その中で宇宙間戦闘に適するように改造される「宇宙戦闘母艦」の母港としての機能が整えられていった。

ここで気になるのは月の裏側にあるアルファースト星人の基地とその動きである。その場所は、裏側の中央部で表側の「蒸気の海」の真後ろに当たるところであり、われわれ地球軍基地から月表面の直線距離では約3千500㎞離れている。また、地球からの研究者や資源探査者たちが居住している「月面地球人類基地」のある「静かの海」はそこから東回りで3千800㎞離れている。

このアルファースト星人の基地は北東側に二つの小さいクレーターがあり、西側には二重の山脈が並んでいて、南側は開けた平坦な地形という場所で、直径450m・高さ85mのドームを中心にして周辺にも多くの建物がある。地球から撤退した宇宙船は一画に纏めて駐めてあった。その後も偵察を続けていた調査チームからの報告では、特に新しい軍事行動のようなものは見受けられないとのことだった。

地球との戦争を続けていた1年余りの間、時折、補給のためか大型宇宙船が地球との往復をしていたようであるが、平常の活動は資源採取であることが明らかであった。それは、地中から掘り出した鉱石を精練したあとの廃鉱石を建物の外に運び出しているらしい様子がしばしば見られたからである。

「地球軍月基地司令本部」では基地施設が整うにつれて、連日の戦略会議が熱をおびてきた。地球での戦闘の経験から、敵の戦力の主力は空軍であることがわかったので、まず敵基地周囲の起伏を利用して地上軍で包囲し、四方から砲撃できるような配備で圧力をかけることにした。

ここにきて、敵は基地からかなり頻繁に小型円盤型の偵察機を地球軍基地の上空に飛ばしてくるようになり、また母星からの補給船と思われる宇宙船の往来が増えていることから見ても、しっかりと臨戦態勢を整えつつあることが窺われた。

２０５０年8月下旬、「雨の海」の地球軍月基地を出発したわが地球地上軍は兵員輸送車7台、キャタピラ戦車6台、８輪駆動機動戦闘車（バトルストライカー）５台からなる堂々たる陣容である。いずれも既存のものに宇宙・月面での使用として考え得るかぎりの改良を施したものである。兵士は21ヵ国より選抜された精鋭１６０名と、ＡＩロボット兵が3分の1という構成であるが、ＡＩロボット兵に求められる、敵を認識し射撃を行なうという基本動作の精度を上げることが難しく、信頼度にはまだ不安が残っている。

　敵基地までのルートは、北東のピコ山を左に見てクレーター・プラトーの東麓を通り、「氷の海」を抜けてから３００km行くと月の裏側に到る。そこまでで約1千２００km、60時間の行軍である。これから先の月の裏側はクレーターだらけであり、その間の少しでも平坦なところを探しながらの2千３００km以上の行軍である。月の裏側は探査があまり進んでおらず、表側のように名前が付けられている場所は少ない。月の表土はレゴリスと呼ばれ、有機物を含まないために地球の土とは違った動きがあり、大気のないこともあって、車両によって巻き上げられた表土は収まるのに時間がかかり視界を妨げられた。月では14日周期で昼夜が変わり、今は日中で外気温が１００℃に近く、冷房された車内にいても、ヘルメットを着け、改良されたとはいえ、なおごわごわした宇宙服を着用しての行動に兵士の不快度は限度を越えてきた。ここで一般兵士の輸送を大型輸送船に切り替え、車両運転士の交替システムの見直しも行なわれた。今後の地上戦を見越しての訓練を兼ねた行軍であったが、それは完全な失敗であった。また兵員輸送車は完全気密室にして、移動中は宇宙服を脱いで過ごせるように改造する必要があることがわかった。
この地球地上軍の進軍は小型戦闘機による上空からの援護を受けてなされたために、敵は離れて偵察機を飛ばす以外に攻撃してくることはなかった。

９月下旬、計画どおりにわが地球軍が装備の配置を終えた途端に、敵基地ドーム周辺の建物がハッチを開き、そこから強烈なレーザービームを放射してきた。本来は対空用に準備されていたものと思われるが、急遽水平にも撃てるように改良して待ち構えていたのであろう。有効射程距離は２・５㎞あり、そこにいた戦車３台、機動戦闘車２台が一気に破壊され、兵士17名を失った。敵はおそらく地上戦を予測していないのではないかという思惑が外れて度胆を抜かれた地球軍は、それでも地対地ミサイルで反撃に移ったが、大気のない空間での軌道設定と起爆セットに誤差があり命中精度を欠いた。敵は地球上での戦闘で学んでいたのであろう、シールドによる防御スクリーンがもう効果を失ったことを知ったのでここではシールドは張っていなかった。

どういう形で宣戦布告しようかと考えていた矢先に、先方からこのような形で先陣を切ってくるとは驚きであり、それだけその基地を守りたいのだとわかって、これからの戦いが厳しいものになりそうな予感を覚えるのに十分な立ち上がりであった。

わが地上軍は機動性を有効に働かせるように配置を見直し、ロボット兵を先頭に置き、部隊を横隊に展開して建物への接近を試みた。しかし、宇宙服を纏っての行動は機敏な動きを妨げて地球上でのようにはいかないもどかしさを感じさせられた。建物を守っている敵アルファースト星人は宇宙服を着けていないことから見て、大気（酸素）の有無に関係なく対応できるようであり、大きなハンディキャップだといわねばならない。その建物のレーザー砲の砲座はアルファースト星人1人とロボット兵2体で操作しているようだ。

彼らの携行武器はレーザー銃だけであるがその威力は強力で、地球兵士の機関銃では対抗できず、また味方のレーザー銃の性能は彼らのものには及ばなかった。レーザーを発生させるエネルギーは電力であるが、小型の銃にセットされている電池の性能に差があるのであろう。

われわれに残された3台の機動戦闘車は不整地走行性能を活かして凹凸の地形を巧みに利用して機敏に動き、敵施設に接近し損害を与えた。これに対して敵はドームからロボット兵器8台を出動させてきた。これは軽自動車ほどの大きさの無人自走レーザー砲で、270度回転できる砲座を持っている。それ自体がAIロボットのようで、機敏な動きでこちらの戦車、機動戦闘車に立ち向かってきた。携帯ミサイル砲中心の味方歩兵部隊は少し距離を保ちながら応戦するも、地形の起伏以外は遮るもののない広い戦場では、勝負の場面が散開していて、いささか間のびしたような状況を呈してきた。

この戦況をみて、今後の補給能力の強化が必至であることが明白となり、地球からの、また月面での「大型運搬船」を増強することになった。次に、戦術の見直しを行ない、空軍の出動が議論の的になったが、もう一度地上軍の戦略を立て直すとともに、長距離ミサイルでドームを直接狙うことが決まった。これは、先のオーストラリアでの戦闘で経験したのと同じパターンである。月の裏側で最も高い場所はディレクレジャクソン・ベイスンと名付けられている1万750mの山であり、敵基地からは遠く離れている。したがって、長距離ミサイルの弾道高度は高い放物線ではなく低空水平飛行の極超音速型が選ばれたのであるが、無重力下での経験がないため本番での修正を見込んでの実戦となる。

この長距離ミサイルは、アメリカ、中国、ロシア、インドが進んだ技術を持っており、機密に属する部分もあり、どの国のものを使用するか微妙な駆け引きもあったが、「地球軍月基地司令本部」の総司令官を担っていた中国が引き受けることになった。この長距離ミサイルの発射台は基地の南東の位置に置かれ、敵ドームのある北西方向に撃ち出されることになる。

10月中旬、中国より月基地に届いた弾道ミサイルCSS－4改良型は、早速、訓練試射を行ないデーター取りにかかった。予測されていたことではあるが、ほぼ真空中での飛翔は速度が地球上での数倍も速く、飛行中での方向修正はほとんどできないことがわかり、発射角度と起爆時間などのセットがキーポイントであることの認識を強くした。

10月下旬、最初の3発が発射されたが、標的のドームの近くで爆発したのは1発のみであった。しかし、敵は直ちにドーム中段のハッチを開き小型円盤型戦闘機8機を発進させ「雨の海」の地球軍基地への直接攻撃に向かってきた。あらかじめこれを予測していた地球軍も新開発の2人乗り垂直離陸型小型宇宙戦闘機・SF－101ハチドリで応戦、地球軍基地上空は激しい空中戦となった。

わが新型宇宙戦闘機・SF－101ハチドリの姿形は、前方を少し絞り底面がフラットな楕円錐台形で、下部サイドに後方に流れる小さい三角翼を付けて水平安定性を向上させた機体は軽量チタン合金の薄板で覆われている。その全長3・6m、最大横幅2・7m、高さ1・8m、というずんぐりとした形は、地球上での戦闘機のスマートで精悍な姿とは似ても似つかぬものであるが、これが宇宙での望ましい機体形状として選ばれたのであり、今後の実戦を経て得られる経験から、この形は相当に改良されて行くのであろう。

この新型機にとっての初めての実戦であったが、新型プラズマ銃の威力は十分で敵機と対等に渡り合えた。そして、地上からの高射砲、地対空ミサイルの援護があるだけ地球軍のほうが優勢で、撃墜1機と損害を3機に与えてミサイル発射台を守った。

われわれはミサイル攻撃の失敗で、その命中精度の向上に努め再度の発射を繰り返したが、敵も防御体制を強化して対応してきた。彼らにとっては、ミサイルのような弾頭型兵器は旧式であるとしていたようで、先の地球での戦闘においてもわれわれがミサイルを多用して効果を上げていることに少し慌てたのではないかと思われる。しかし対応は早く、弾道がはっきりわかっているだけに、レーザー照射の密度を上げることで着弾前に破壊し被害を抑えることに成功していた。さらに、敵基地では、先に地球から撤退した宇宙船を改造して2機の大型宇宙武装艦にする作業が進んでいた。地球軍はドームの破壊とともにこの作業を阻止するために、地上部隊と空中からの攻撃を連動して攻撃を仕掛けるもののなかなか戦果が挙がらなかった。

彼らのＡＩロボット兵はいろいろな複雑な場面においても優れた状況判断力と即応性を有しており、戦場においては生き身の兵士に勝るとも劣らないほどの力を見せているのに対して、われわれのＡＩロボット兵の能力はまだ到底彼らには及ばないことが明白であった。そして、それがそのまま兵器になったようなＡＩ自走レーザー砲は、地球軍の地上部隊を大いに悩ませた。また、空中戦をくぐり抜けてドーム上空に接近した戦闘機が空対空ミサイルを発射する間もなく、ドーム頂部の砲座から照射される広角レーザーにより撃墜されたものも数機に及んだ。

敵方の補給ラインは母星からの補給船と思われる大型宇宙船の往来が増えているが、月で採取した資源を使って、３Ｄプリンターで部品を作り組み立てていく技術が進んでることが窺われる。それは機器の補修やＡＩロボットの補充において、補給船からでは間に合わない修復の速さや供給数量から想像できる。地球でもこの技術は進んでおり、最近ではあらゆる方面で製品の複製に活用されている。

これからの戦局は双方の補充戦という面が、戦いの大勢を左右する大きな要素となると考えなければならない。それはお互いに相手の補給ラインを破壊することに戦力を集中することに他ならない。アルファースト星がどこにあるのか依然としてわからないが、そこから月まで飛来してくる補給船は5台の船団を組んでいる。おそらくその補給ラインにはアルファースト星と月との間のどこかに数ヵ所の中継基地があると考えられ、その星で船団を整えて月に向かってくるのであろう。そして、火星にもその基地があることは間違いないと思われるので、２０３５年から有人探査のため火星のクリュセ平原に設営され80人余の研究者を常駐させている地球軍基地に早速調査させた。その結果、火星のどこにも見当たらなかったが、念のため望遠鏡で火星の衛星であるフォボスの表面を調べたところ、それらしきものがあることがわかった。フォボスは2つある火星の衛星の内の一つであり、火星表面からわずか約9千４００km離れた軌道を周回している、直径22km（じゃがいも型）あまりの星である。地球軍としてはそこまで遠征して攻撃することは考えられないし、現在ではそのような力もない。そこで、月からどれくらい離れたところを防衛ラインとするのか検討を重ねている間に、敵は補給船が月に50㎞の地点に近づいたところから戦闘機の護衛がつくようになった。

12月、「宇宙戦闘母艦」2号艦が「雨の海」の地球軍基地に到着したのを機に、先着していた1号艦（艦長ロシア空軍大佐）が基地を出発して、上空80㎞を迂回して敵の補給船団を急襲した。補給船自身も武装しており、護衛機からの反撃もあったが、2隻を大破させ無事に帰還できた。しかし、敵の報復攻撃は凄まじく、改造されて太い葉巻型になった「武装大型宇宙艦」2機による地球軍基地への攻撃で、駐機していた「大型運搬船」2隻が破壊され、「宇宙戦闘母艦」1号艦もかなりの損害を受けた。離れた場所に分散させていた2号艦は無事だったが、1号艦の修復は現地で3Dプリンター技術を用いて行なうことにし、地球本部に対して大至急「大型運搬船」の建設、補充を請求した。またここにいたって、われわれには敵の「武装大型宇宙艦」に備えられた大光束のレーザービーム砲の威力には対抗手段がないことを認めざるを得ず、超X線レーザー兵器の大型化と宇宙空間での使用に即した改良を急ぐように要請した。

次いで、地球軍は「雨の海」の基地が防衛に対してやや弱みがあることと、補給ラインの分散対策として、第2の基地を造ることにした。場所は月の表側の南南西で裏側にまわる周辺部にあたり、オリエンタレ・ベイスンと名付けられている大きなクレーターである。そこは、外側からコルディレラ山脈、アウタールック山脈、インナールック山脈の三重リングに囲まれていて、クレーターの内径は４８０㎞で周囲リムからの深さは1千１００ｍある。敵基地からの直線距離は３千７５０㎞程であり、施設を山麓側に配置することで守りに強い基地となると考えられた。

双方のこのような状況の中でも、アルファースト星軍基地での地下資源採掘が続けて活発に行なわれていることがわかり、それはおそらくチタンとウラン鉱石だと思われるが、懸念されるのは、埋蔵量の多い表側にいずれ進出してくるであろうということであった。さらには、先の地球への侵略のときに中国新疆ウイグル自治区に基地を造ろうとした理由が、レアアースであるネオジムの採掘を狙ってのものであろうと考えられたことから、月を中継基地として再度の地球侵略を企てるのではないかという恐れもある。こういうこともあってか、アルファースト星軍基地を今のうちに何としても潰してしまわなければならないという地球軍側の思いの中でも、中国の積極的な動きが目立った。

２０５１年２月下旬、中国は自らの宇宙運搬船で兵士２４０人と戦車４台を「雨の海」基地に送り込んできた。そして、この中国軍を中心として地上軍部隊をさらに強化して、敵基地に向かった地球軍は、少数の兵員からなるグループを分散させて敵基地包囲網を築き、じわじわとドーム周辺の施設を攻略していった。ロボット自走レーザー砲による反撃と固定レーザー砲座からの照射は激しかったが、数に勝る地球軍は少しずつ陣地を拡げていった。空からわが地上軍を射撃する敵機との間で、激しい空中戦が繰り広げられたが、ここではほぼ互角の争いであった。この間、敵軍による地球軍基地への攻撃はなかったが、「武装大型宇宙船」による地球からの補給ラインへの襲撃が月から１００㎞手前であり、一時的に地球軍への補給に滞りが生じた。一方の敵の母星からの補給船団への攻撃を、新たに地球軍第２基地にベースを移した「宇宙戦闘母艦」２号艦（艦長フランス空軍大佐）が行なったが、敵のもう１機の「武装大型宇宙船」が護衛についていたために、十分な戦果は得られなかった。さらに、敵は中型の円盤型武装艦を増強して自らの補給ラインの確保に戦力を集中してきた。そこで地球軍としては、いずれにしても現在の2隻の「宇宙戦闘母艦」だけでは不足であるため、地球本部に、さらに大型化された超X線レーザー砲を備えた2隻を急いで建造・派遣するように要請した。

月面での戦闘が始まってからおよそ半年が経過していた。

地球軍地上部隊の圧力に押され気味のアルファースト星軍基地では、周辺の施設を放棄して、ドームに近接する場所と、武装宇宙船などの駐機場の防衛を強化して、縮小したエリアを要塞化する意図を明白にしてきた。このドーム内から斜坑を伸ばして鉱石を採掘することは十分に可能である。母星からの補給と同時に採掘し精錬した資源を送り出す輸送のためにもその輸送ラインを死守することに全力を投入する戦略のようである。

5月上旬、地球軍は修復を終えた「宇宙戦闘母艦」1号艦に2号艦をそろえて、月から120㎞手前で敵の補給船団を襲撃した。敵も「武装宇宙艦」の大型2機、中型3機で迎え撃ってきた。双方ともに距離をとって、まず搭載している戦闘機を発進させ、互いに空中戦を交えつつ本艦への攻撃を狙っている。艦載戦闘機の主要な武器は、わが軍は空対艦ミサイルとレーザー銃、敵軍は強力なレーザー砲であるが、レーザーは目標との距離を近づける必要があり本艦からの射撃を受けやすく、ミサイルは離れた距離からの攻撃ができるが着弾精度が高くないという問題がある。両軍とも決定的なダメージを受けるほどではないが、味方は戦闘機4機を撃墜され、敵は2隻の補給船を失った。敵の補給ルートに対する攻防を繰り返す間にもお互いの基地に対する襲撃は散発的に行なわれ、敵ドームから編隊を組んで発進してくる戦闘機に対しては地球軍基地の防衛体勢が十分に機能したが、ドームへのわが空軍の攻撃も要塞化を図った敵方のガードが堅く思うような戦果は得られなかった。ドームの全面にわたり多くの砲撃用ハッチがあり、各ハッチのレーザー砲は左右に120度、上下に65度の可変ができて、これをロボット兵が操縦しているようだ。かくして、ドーム本体の破壊以外には勝ち目がないことがますますハッキリしてきているのだが、地球軍としてはまだ今のところ決め手を欠いている状態である。

輸送ラインの戦闘のなかで、地球軍の「宇宙戦闘母艦」とアルファファースト星軍の「武装宇宙艦」が直接対決する場面が増えてきた。「宇宙戦闘母艦」は両側面にミサイル発射口を備え、艦上に160度回転できるレーザー砲がある。

発射したミサイルを誘導するシステムとして、目標に対して電磁波（レーザー）を放射してその反射を検知して制御するアクティブ・ホーミングがあるが、広い宇宙空間では、目標自身が発する赤外線をミサイルの先端に搭載された赤外線シーカーで関知して方向を制御する、パッシブ・ホーミングのほうが有効であるとして採用されている。

ここで、その信号を受けてミサイル本体の飛翔方向をコントロールする方法が問題となる。大気のない宇宙空間では当然ながら操舵翼の角度を修正する空力操舵は利かない。そこでミサイルの動力源であるロケットから噴き出す燃焼ガスの噴射方向を変える推力偏向（スラストベクテル制御）が必須であるが、これには三つの手法がある。噴射ノズルそのものの方向を変える方法は可動部の設計が難しく大型ロケット向きである。噴射ノズル内に可動式のベーン（噴流舵）を設ける方法は空対空ミサイルでの使用例が多いが、高温に耐えられる素材が必要である。現在、弾道ミサイル防衛（ＢＭＤ）に使われている迎撃ミサイルでは、弾体先頭部側面の上下左右4ヵ所に小さいノズルを設け、そこから瞬間的にロケットを噴射させることで直接的に横方向の力を発揮させられ最も早い応答が得られる特徴がある。これが、ここでも採用されたスラスタ制御方式であるが、宇宙空間での実績はなく実践経験を積みながら命中精度を上げるしかないのである。

一方、敵の「武装宇宙艦」の主砲は艦本体の正面に大きく口を開いたレーザー砲であるが、この大口径のレーザーは有効射程距離が4・5㎞に伸ばされており、艦内でも瞬間的に大容量のエネルギー（電力）が供給できる設備を有していると考えなければならない。

5月中旬、母星に向けての運搬船団を追尾した「宇宙戦闘母艦」2号艦と、護衛していた「武装宇宙艦」との直接対決が月から180㎞離れた地点であった。わが軍が2発同時に発射した空対空ミサイルのうち1発が敵艦の後部に命中し損害を与えた。敵はミサイルの進路目標をそらすための赤外線フレアのような技術を持っていないらしく、迅速な回頭によって避けている。大気のない宇宙空間ではチャフの放出はまったく効果はない。続いて「宇宙戦闘母艦」2号艦がミサイル発射後さらに止めを刺さんと敵艦に接近しようとしたところ、敵の主砲が艦の側面を狙って左旋してきたので、即座に上方に舵を切ったものの間に合わず、艦の底部に大きな損傷を受けて推力が半減してしまった。しかし、急遽駆けつけた1号艦の救援をうけて戦線を離脱できた。このことから、敵の運搬船を追尾、攻撃する範囲を月から２００km位までに抑えるべきであることがわかった。

地球軍基地では「宇宙戦闘母艦」の修繕を機に、艦上の１６０度回転できるレーザー砲を下方に30度動くように改良し、回転角度は１４０度になった。これにより敵艦に対する上方からの攻撃力が強化された。

一方で、敵の「武装宇宙艦」は正面の主砲と側面のレーザー砲に加えて、新たに上甲板に高射砲タイプのレーザー砲を増設して、上方からの攻撃に対する防御力を強めてきた。両軍の主要艦が修理・改造を行なっている間に、アルファースト星軍の中型円盤型武装艦が地球軍基地への攻撃、輸送ライン護衛にと出動回数を増やしてきた。円盤型の特徴である攻撃範囲の広さと左右への機敏性を活かした戦術をＡＩロボット兵がすべて行なっているとすると、恐るべき技術レベルである。

地球軍は小型宇宙戦闘機・ＳＦ―１０１ハチドリと地対空ミサイルで応戦し大きな損害は受けなかったが、敵基地への出撃機会を削がれることになった。

アルファースト星人の基地は周りを2つのクレーターと二重の山脈に囲まれた地形で、地球基地からの長距離ミサイルの命中精度が上がらない理由でもあった。超音速型ミサイルのポイントである低空水平飛行部分の最後のこの150㎞を制御できれば敵ドームの破壊につなげられるので、中国陸軍は地球のモンゴル・ゴビ砂漠で改良実験を繰り返した。しかし、無重力空間での飛翔であるため、地球上の条件下でのシミュレーションがどこまで月面で活きるのかが問題であった。初体験である宇宙戦闘技術のすべての問題がそこにあることは明白であるのに未だクリアできないのである。

敵軍はますます輸送ラインをキープすることに全力を注いできて、月面より高度150㎞までをガードゾーンとし、「武装宇宙艦」を護衛艦として付けるようになった。さらには、地球軍の襲撃を察するやいなや、中型円盤艦を数隻そろえて迎撃してきて、わが軍の「宇宙戦闘母艦」を補給船団に近付けないようにしてくる。それによって、彼らの輸送ルートに損害を与えることが難しくなり、味方の被害も増える有り様になってきた。

2051年8月下旬、このようなやや膠着した戦局を受けて、この戦争の終決に向けて戦略の基本を見直す必要があるという意見もあり、地球本部から「国連宇宙対策司令本部」および「地球防衛軍ＥＰＦ」の実務幹部たちが月軍事基地に集まり、合同戦略会議が開かれた。地球では一刻も早い大戦の勝利・終結、異星人の完全排除を望む声が充満しており、公開されたこの戦略会議に全市民の目が釘付けとなった。

議論は最初から次の３つの案に絞られた。

①　敵基地の破壊に戦力を集中する。

②　敵輸送ルートの壊滅に戦力を集中する。

③　戦力を①と②にバランス良く分配する。

①では要塞化されて防御力の高いドームの破壊には、空軍と地上軍のより緻密な連携作戦が必要であること、②では広域にわたる敵輸送ルートの壊滅に味方の戦力は十分であるのか、③は、②を行なっているときの味方基地の空からの防御が手薄になるので、一方にのみ集中するのは問題だというものであった。

そしてこの会議は、地球を守り切るという純粋な気持ちが集中した激論をかわした結果として①案を選択した。それは攻撃対象が一本化できるからだというような単純なレベルの理由だけではなく、大型武装宇宙艦を補佐している機動性の優れた中型武装艦を基地ごと叩くことと、駐機している輸送船を破壊することによって、この侵略行為を一気に諦めさせようとするものである。

その上で、この年初に本国に要請してある新型の「宇宙戦闘母艦」２隻の完成を急ぐようにあらためて催促した。

２０５１年11月、「宇宙戦闘母艦」３号艦、４号艦が相次いで地球軍月基地に到着して、戦闘母艦４艦体制が整った。そして、ドーム内での接近戦に備えて、各国の海兵隊の精鋭を選抜した部隊も追加して結成されたが、交戦する相手の多くがＡＩロボット兵であることへの対応に関しては、作戦の検討を重ねたものの決定的といえるものが見つからない焦りを残したままである。わが軍の戦術としては、ドームの外殻を破壊したのちに内部の機能を徹底的に制圧するために歩兵部隊での侵攻が必須であるという図式を崩してはいない。

アルファァースト星軍月面基地では中心であるドームを防御するために空中には「武装宇宙艦」２機と中型円盤型攻撃機３機が常時張り付いていた。地球軍基地からの長距離ミサイル発射を早期発見し上空からビーム照射によって破壊しようとする構えである。地上には自走レーザー砲がびっしりと配備されている。

２０５２年１月、母国での訓練を終えた中国陸軍ミサイル部隊の精鋭が到着し、早速に地球軍第１基地（雨の海）から長距離ミサイル５発を敵基地ドームに向けて発射。この内の２発が着弾前に破壊され、３発は命中しドーム外殻を大きく損傷させたものの、ドームのハニカム構造は細密で一気に破壊することの難しさがよくわかった。

ミサイル攻撃の戦果を確認して直ちに、第１基地から「宇宙戦闘母艦」３号艦（艦長アメリカ海軍中佐）と、第２基地から４号艦（艦長イギリス空軍大佐）が、それぞれに護衛戦闘機をともなって敵基地襲撃に発進した。敵アルファースト星軍基地まで３千８００kmであるから、敵の応戦準備は十分にはできないであろうと見ていたものの、基地手前１千２００kmから敵機の迎撃は凄まじく、中型円盤型攻撃機と戦闘機による執拗なレーザー放射で進路を阻んできた。さらに大型武装宇宙艦が早めにレーザービーム主砲を放って、直後に下側に廻り込み、斜め上方に撃てるように改良された高射砲タイプのレーザー砲を撃ち上げ上げてきた。わが軍の戦闘母艦は敵のこのような機敏な作戦に防戦一方に追われ、主砲を撃てる体勢にまでもって行けないままに、一旦退却を余儀なくされた。

敵はすかさず中型円盤型攻撃機6機の編隊を組んで地球軍「雨の海」基地に来襲し、帰還したばかりの「宇宙戦闘母艦」3号艦に集中攻撃をかけてきた。地球軍基地の全固定火器を動員しての反撃で敵2機を撃墜したものの、3号艦は上部甲板に大きな損傷を受けてしまった。

これまで着実に成果を挙げてきた地球軍地上部隊は戦術に自信を深めており、空中戦が収まったタイミングで、敵基地周辺に分散していた小部隊は作戦を開始した。戦車部隊によるドーム周辺に向かっての一斉砲撃に対して、ドーム本体からの激しい反撃があったが、その間を縫って歩兵部隊が広く散開しながら前進した。味方のロボット兵が前面で牽制している合間に、敵のロボット自走レーザー砲の1機に対して歩兵3人組が対応する形で、本体に時限爆弾をくっつけて破壊するという、まさしく古典的だが確実な戦法をとった。

宇宙服を着けての、人海戦術ともいえるこのような戦闘になろうとは考えてもいなかったのだが、中国陸軍、アメリカ・カナダ海兵隊に交じって日本自衛隊選抜軍の活躍が目立った。敵に与えたダメージも大きかったが、味方の死傷者も少なくなかったので、今は日中の続く時期であるが、5時間余の戦闘を終えて前線基地に撤収して1日目は終わった。

2日目、地球軍は第2基地から出撃した「宇宙戦闘母艦」2号艦と4号艦が、前日の失敗からの反省により飛行ルートを分散し、護衛艦も増やして敵ドーム攻撃に向かった。そして、2艦の連携による主砲の東西2方向からの同時水平攻撃が功を奏してドーム中央部の外殻に大きな孔を開けることに成功した。しかし、その直後に敵武装宇宙艦の主砲により2号艦が上部構造物を吹き飛ばされてしまった。

地上での双方の地上部隊の攻防は、空からの攻撃で開けられたドームの、地上から約45ｍの高さの孔から内部に侵入しようとする地球軍と、それを阻止しようとするアルファースト星軍の接近戦となった。対戦相手のほとんどはＡＩロボット兵であり、その場に合った対応を確実かつ迅速にこなしていて1対1では互角以上であるが、ドーム外殻をよじ登る地球軍兵士に対しては付いてこられないようであったし、チームとしての動きは十分にできないようだ。

この破壊されたドームの部分は西南側の3、4階にあたり、円盤型戦闘機の格納と垂直離陸甲板エリアであったが、ここを制圧しても占拠するまでには到らない。前線基地に戻りこの後の戦術を検討し、ドーム内部の配置について把握することの重要性を考えると、偵察隊を結成して内部に潜入させる必要があることを確認した。また、ドーム内での活動を安全に行なうために空中からの攻撃とミサイル攻撃のタイムスケジュールをさらに綿密に組む必要があった。

3日目、宇宙戦闘艦2隻が損傷を受け補修を余儀なくされた地球軍は、基地の防御のために他の2隻を残し、長距離ミサイルで敵基地を砲撃した。

ここで、アルファースト星基地を破壊するために核弾頭ミサイルを用いれば容易であることは明らかである。しかし、この宇宙空間で人為的に核爆発を起こすことは、如何なる状況においても避けるべきであるということはすべての人類の基本的な了解であった。おそらくアルファースト星人においても、その技術は有しているであろうが決して用いてはならないという判断に立っているはずである。

太陽をはじめとする恒星が光り輝いているのは、その中心で水素をヘリウムに交換する核融合反応によりエネルギーが生成されているからであり、そのエネルギーは熱や光、その他X線、紫外線、電波などの電磁波の形で放射されている。この核融合反応による放射線と人為的な原子力爆発により発生する放射能とは放射物質が異なり、宇宙空間に放射される有害物質の影響については未だ未知の領域である。

わが軍の長距離ミサイルによる攻撃はさらに精度を上げ、ドーム外殻の破壊箇所が拡がった。地球軍地上部隊は午後、前線基地から戦車5台、機動戦闘車3台を進発させ、破壊したドーム東側の1階に強行突入させたが、敵の激しい反撃により戦車1台を残して他はすべて破壊されてしまった。しかし、偵察隊4チーム（内2チームはイスラム連合軍）が潜入に成功し、1チームはロボット兵2体を含む5名よりなり、隊は分散して敵の目を巧みに潜ってドーム内のエリア区分を探索していった。地上部分は6階あり、各階の外側には砲座が配置されており、3階より上の中央部には戦闘機の格納と垂直離陸甲板や工作室があった。1階の大部分は鉱石掘削設備、精練装置、貯蔵・搬出室となっている。地下2階まで掘り込まれていて、そこに動力室と中央司令室および居住エリアが置かれていることがわかった。

これだけの大規模で整った施設を完成させるまで、まったく気付かなかった地球側の宇宙に対する関心のあり方と迂闊さを、ここにきてあらためて思い知らされ慄然とさせられた。

偵察隊の報告では、ドーム内にいるアルファースト星人は８００人程度で、他は多くのＡＩロボットが作業を行なっているようだとあった。地球軍としては、敵の知的能力の高さを知れば知るほど、何としてもここで侵略を断ち切らなければとの思いを強くしたのである。

この日も敵は中型円盤型攻撃機７機が再び編隊を組んで地球軍第２基地に来襲し、駐機して修理中の宇宙戦闘母艦２号艦に集中攻撃を仕掛けてきた。これまでの戦闘で、地上で駐機することの不利さを学んだので、空中待機していた４号艦の速攻で敵機２機を撃墜したが、機敏な敵円盤型攻撃機のレーザー砲により地球基地動力室が大きな損傷を受けた。


４日目、ドーム内に留まって作戦を続けた偵察隊は、動力室と中央司令室の数ヵ所にミサイル誘導ビーム発信機を設置することに成功した。この偵察隊を撃退するために接近し銃撃戦におよんだ局面では、さすがにアルファースト星人兵士が前面に出てきての対決となったが、戦闘力においては地球軍兵士の優位が明らかであり、さらに投入した歩兵部隊によりドーム内での占拠エリアが少しずつ拡がっていった。

早朝に2ヵ所の地球基地から発進した戦闘機24機と前線基地の地上戦闘車両部隊との共同作戦によってアルファースト星基地を混乱させている間に、ドームまで1・5㎞の距離に接近した宇宙戦闘母艦1号艦と4号艦は艦両側面のミサイル発射口から、ミサイル誘導ビーム発信機やらの信号に照準を合わせたミサイルを南北の2方向から連続発射した。この攻撃により敵の動力室と中央司令室に相当のダメージを与えたと確信した地球軍は、一旦全軍を各基地に引き揚げさせ、敵の出方を見ることにした。最も確認したかったことは、司令室の損傷がＡＩロボット兵の行動にどのような変化をもたらすかということであった。

また、敵の戦闘能力はまだ相当に温存されていることもわかっていたので、敵が総攻撃に打って出るのではという予測もされた。

5日目、この日を境にして、アルファースト星軍基地からの出撃はぴたりと止まってしまった。ドームの中心部に対する地球軍の攻撃は、物理的な破壊の大きさよりも敵の戦闘意欲を削いだことのほうが大きかったのではなかろうか。ここ数日の戦いで自軍の不利を悟り、月への侵略を継続することの無理を認識したのだとも考えられる。

この状況と判断は、およそ2年前に彼らが地球侵略を1年余りで諦めて、地球を去っていったときとよく似ている。


「地球軍月基地司令本部」からこの報告を受けた母星・地球の「国連宇宙対策司令本部」は直ちに全体会議を召集し、以降の戦略の検討に入った。月にいるアルファースト星人を基地もろとも徹底的に抹殺、破壊する以外の道はないとする主張がかなりあった中で、アルファースト星軍にとっては単に前線基地に過ぎないもののために、これ以上、地球人の生命や資材を費やすことの無意味さを説く意見が目立った。何よりも未曾有の地球侵略につながるこの一連の危機を防衛したという安堵感が大きく、まずはとりあえずここで収めて、今後に抱えた大きな問題はあらためて考えよう、というような雰囲気が全体を支配していた。

地球母星から月基地への指示は、敵基地の動きを静観し、アルファースト星人の基地撤収に際しては無用の攻撃は控えるようにということであった。

アルファースト星基地からは、連日の戦闘で止まっていた補給船の動きが増えてきた。精練した鉱物資源の送り出しや、資機材の持ち帰りなどを急いでいるのであろうが、輸送ラインの警護は従来どおりになされていた。地球側は、本部からの別の指示で、できる限りアルファースト星の機器を無傷で奪取せよというものがあったが、敵もそれを察してか小型戦闘機以外の飛行物体はすべて地上駐機をやめて空中待機とし、基地内の目ぼしい火器や機器は完全に破壊してしまった。

アルファースト星人の撤退した基地に残されていることを最も望まれたのが、基地内での動力供給システムであった。永久機関として考えられる磁石の回転力により得られるフリーエネルギーが実用化されているのではないかという期待なのであるが、完全に破壊されたのか、まだ実用化されていないのか、得られたものは何もなかった。彼らの思念・思考の伝達が言語を用いないテレパシーによるということは、おそらくデータといえども図面を表現の道具として使うことがないということであり、したがって、その技術は完成品を見るとか、作動している状況を検証する以外にはないということになるのである。

２０５２年３月初旬、アルファースト星人は月より完全撤退し、彼らのU

FOが地球上空に現われてから、丁度4年間に亘った地球史上初めての宇宙戦争は終了したのである。

地球軍は母星に向かって撤退するアルファースト星軍を追跡するために、宇宙戦闘母艦4号艦と、航続距離を伸ばした無人追跡機で追尾をさせた。彼らの船団は時速約2万5千000km（マッハ21）というかなりの高速で進んでいるが、最初の中継地である火星の衛星フォボスにある基地に到着するのは125日後である。

7月下旬、アルファースト星人の船団はフォボス基地に到着した。ここで補修や物資の補給を行なったのち、次の中継地に向かうのであろう。

地球軍としては、現在開発が進み滞在している地球人の数もかなりになっている火星に対して、これを異星人から護る手段をなにも講じていないことがわかっており、今回のアルファースト星人の行動から今後の展開を考えると焦りの気持ちを持たざるを得なかった。

それをふまえて宇宙戦闘母艦4号艦はこのまま進み、地球人駐在地に近いクリュセ平原に着地するように指令を出した。その上で、火星に滞在してい

る地球人と組織体を統括している「火星地球統括本部」に対して、アルファ
ースト星人のフォボス基地の動静を注視し、報告を密にするように依頼した。

第三章　火星戦争

２０４８年に始まり２０５２年に終わったアルファースト星人による地球・月侵略戦争は、地球全人類の宇宙観を一変させた。そして、次にどような事変が起こるのか、それに備える準備と、地球軍の対宇宙戦力は十分なのか、などなどと宇宙への関心が否応なしに高まっていった。

地球人以外に知的生命体としての宇宙人が存在するかもしれないと、空想上にはあったものが、アルファースト星人という具体的な形で、しかもわれわれに敵対する者として現出してきたのである。ここで、それまでの経過をあらためて考えてみることが今後の対策にとって重要な意味があることと思われる。

アルファースト星がどこにあるのかはわからないが、これまでにわれわれにわかっている限りでは、太陽系銀河内には地球以外に知的生命体が見つかっていないとされており、太陽系外縁天体（エッジワース・カイパーベルト）までの50ａｕ（75億㎞）以上先にそのが星あるとすると、地球まで時速５・５万㎞（ボイジャー２号と同じ速度）で15年以上の飛行が必要である。彼らの最終的な目的が鉱物資源を求めての地球侵略であったことは間違いないと知れたのであるが、そのために多くの中継基地を経て、最終の前線基地として月を選んだのは当然であろうが、当初は月の表側を対象としていたはずである。

ところが、１９６９年地球人類が初の月面着陸を果たしてから月面探査が活発になり、２０２６年には「静かの海」に地球人類基地が建設され、地球人の長期滞在が始まっている。アルファースト星人が基地建設を始めようとしたとき、おそらく２０４０年頃には地球による月面開発が進んでおり、彼らとしては地球人との無用な摩擦を避けるために開発の進んでいない月面裏側を選ばざるを得なかったのであろう。

月のひとつ前の中継地としては火星が当然であるが、これもその本体でなくて衛星の一つであるフォボスであった。１９７６年にアメリカＮＡＳＡが初めて火星に無人探査機を着陸させてから地表の探査が始まり、２０１２年には自走の大型６輪駆動探査車「キュリオシティ」が地中での水の存在を確認している。

さらに内部構造の調査、岩石サンプルの地球への持ち帰りなどでデーターの蓄積が整い、２０３５年には地球人類初の有人火星着陸を成し遂げて、探査のための有人地球基地がクリュセ平原に建設された。このように着々と先行している地球の火星開発を見てきたアルファースト星人としては、火星本体での基地建設を諦めて衛星フォボスを選んだのであろう。地球は太陽を一年365日で一周している（公転）が、火星はその約1・9倍の687日で公転していて楕円軌道でかつ偏心している。そのために、両者間の距離はたえず変化していて、最短距離（衝の位置）では約5千500万kmであるが、最遠距離（合の位置）では約4億kmとなることもある。しかも、この最短距離になるのは2年に一度であるので、それぞれに向けて出発する最適のタイミングは相当に限られてくるはずである。

そして、そのもうひとつ前の中継地として可能な岩石惑星は、火星と木星との間にある小惑星群（メインベルト）の中で最大サイズのセレスが考えられ、フォボス基地からの平均距離は1・2au（約1・8億km）で4ヵ月位の飛行日数であろう。

地球の総力をあげて異星人の侵略を阻止することができて、「国連宇宙対策司令本部」には安堵の気持ちが広まっていたものの、これで終わると考えている者は誰もいなかった。

2052年8月、このように十数年かけて準備をして向かった地球侵略に失敗をしたアルファースト星軍の船団は、月基地から撤退して火星の衛星フォボス基地に到着した。

ここで彼らは補修や物資の補給をして次の中継地セレスに向かうのであろうと思っていたのであるが、その考えは甘かった。アルファースト星軍は衛星フォボス基地を新しく軍事基地として整備し直す作業に取り掛かったのである。

地球人による火星の探査と開発はすでに75年以上続けられているが、その目的は、火星を「第2の地球」としてその環境を地球人が住めるように変えようとすることにある。その必要性と可能性について少し述べてみよう。

現在の火星の大気環境は地球人にとって極めて過酷である。すなわち、大気は非常に薄く、気圧は地球の百分の一以下、ほとんどが二酸化炭素で、わずかの窒素と酸素である。気温は赤道周辺地域の夏でもマイナス60℃で、一日の変化はマイナス30℃～マイナス80℃とその差は50℃前後にも達する。しかし、物理的条件では表面重力が地球の38％、自転周期がほぼ同じ約24・6時間、自転軸が地球に近い約25度と、地球の持つ条件からさほど隔たってはいない。そもそも太古の火星は今よりはるかに温暖で、広大な海が広がり、大小の川が流れていたことはこれまでの探査で疑う余地もないし、生命を支えるために不可欠の基本物質、とりわけ水や二酸化炭素などの揮発性物質が地中をも含めて大量に存在し、また大気が薄いため太陽光エネルギーは地球上より有効に利用できる。

地球の人類文明が不可逆的に崩壊するような事象が何時か起こるのではなかろうかという懸念にわれわれは常に脅かされている。それは恐竜の絶滅につながったといわれている大隕石の衝突による氷河期の再来を代表例に、大きな気象変動の結果として地球が人類の居住不可になるときであろう。そのときに人類の多くが移住できる予備的な居住空間が準備されていれば、地球人類は生き延びることができ、その対象とされている場所が火星なのである。人類の科学力をもってすれば、太古の火星環境を蘇らせることは可能と考えられており、この火星の環境修復を「火星テラフォーミング」と呼んでいる。

その最も基本的な項目は、「⑴地表の平均温度を約60℃上昇させる。⑵大気圧を上昇させる。⑶大気の化学組成を変える。⑷地表に届く紫外線の強度を減少させる」ことであるが、この方法ではどう短く見積もっても一つの作業に100年単位、ときには1万年単位の時間がかかるという問題がある。そこでより現実的な方法として、火星地上の千～3千mの高さに気密型の天蓋をかぶせる「ワールドハウス」も検討されている。

現在、このようなことを研究・実験するとともに地下資源採掘のために、およそ5千200人の地球人が火星に滞在している。最初に着陸した北半球のクリュセ平原に「火星地球統括本部」が置かれ、ここを中心にして東半球のイシディス平原、西半球のアルカディア平原、そして南半球のアルギュレ盆地の4ヵ所に居住地が分散して設営されている。

それぞれに特徴的な中心となる開発目的が与えられており、居住空間として、地下式または半地下式の円筒型モジュールや地上のドーム型コロニーが建設され、エネルギー供給センターでは大小の原子力発電と新開発の核融合発電が導入されている。食糧を自給自足するための農場もあり、植物の栽培はすでに成功している。

このように火星の開発は、地下資源採掘が中心の月開発とは大きな違いがあるのだ。

２０５３年初頭、アルファースト星人は火星のもうひとつの衛星であるダイモスにも軍事基地を建設した。それにつけても反省すべきことは、彼らのフォボス基地を見付けた２０５０年に、われわれは、このもうひとつの衛星ダイモスに地球軍の基地を造るという決断をするべきであったのだ。しかし、そのときはその余裕もなく、また考えも及ばなかったことであった。

ここにきて、アルファースト星人が火星の侵略を意図しているのは明らかだという見方が強くなり、これに対して如何にして火星を護るかという事態を迎えたのである。

地球側では「国連宇宙対策司令本部」の動きが再び激しくなったが、ここでも後手を踏むようなことが重なっていた。現在、火星上には地球側の軍事的な施設はまったくなく、前章の最後に記した、クリュセ平原に着地している「宇宙戦闘母艦」４号艦があるのみであるが、これは結果的に予感が的中したおかげである。地球の宇宙軍の主力のすべては「月面地球軍事基地」にあり、これは当面は継続される体制であるが、その最大の理由は重力圏脱出速度にあり、地球から出発するときに比べて、月からの出発では０・２１倍のエネルギーで済むからである。

「国連宇宙対策司令本部」の決定は、大至急火星に軍事基地を建設することと、月にある宇宙軍の勢力の半分を火星に移すことであった。その場所として、一つはクリュセ平原の南西部で、かって１９７６年にヴァイキング１号が着陸したところ、二つ目は東半球の赤道に近いアイオリス台地で、２０１２年にキュリオシティが着陸したところが選ばれた。しかしこの建設と移動には当然アルファースト星軍の妨害が予想されるので、容易に進むとは考えられない。

地球から火星への有人飛行が始まって以来、所要時間の短縮が最も要求され、新しいロケットの開発が進んだ。そのなかで最近実用化された、電磁プラズマ推進方式の「ヴァシミールロケット」は、火星が最も地球に近付いたとき（衝の位置）では39日で到着できた（平均速度・マッハ70）。火星に軍事基地を建設するに先立って、月面基地に駐屯している「宇宙戦闘母艦」と「宇宙大型運搬船」のエンジンをこの「ヴァシミールロケット」に交換することが急がれた。そして、「国連宇宙対策司令本部」はこれより先立って決定し発注していた、より機動性に優れた「中型宇宙戦闘機」の製造を急ぐように関係各国（アメリカ・ロシア・ドイツ・スウェーデン）に指示を出した。これは先の月面での戦争においてその必要性を痛感した結果である。

2053年5月、アルファースト星軍がついに動きを見せ始めた。フォボス基地から発進した「武装大型宇宙艦」2機が、空からわれわれのクリュセ平原地球軍基地に攻撃を仕掛けてきたのだ。この地球軍基地は2035年以来の中心地で半地下式の円筒型モジュールや地上のドーム型コロニー等の施設・建物が集まっていたが、この攻撃によりその大部分が破壊されてしまった。

しかし、大気の薄い火星での生存で最大の問題点である強い宇宙放射線・紫外線の被爆を避けるために、地下に設置していた主要施設、特に核融合発電設備が被害を受けずに残ったことは大きな幸いであった。また、居住者の多くは急遽準備していた避難壕に逃れていたので、死傷者は最低限に抑えることができた。そして、あらかじめこの攻撃を察知していた、わが軍の「宇宙戦闘母艦」4号艦は当面は戦力を温存するためにアレス渓谷に避難していたので難を逃れることができた。

続いて、火星上の地球人居住地で2番目に大きく、「ワールドハウス」建設の実験を主に行なっている、東半球の赤道に近いイシディス平原に対する攻撃が6月中旬にあり、ここでもほぼ全壊に近い被害を受けた。
これ以上の損害は何としても避けたい地球側としては、居住者には地上活動を控えて、分散して地下施設を拡げて敵の攻撃から身を護るように指示を出した。また、「宇宙戦闘母艦」4号艦を中心にしたわずかな戦力であるが、地球軍の態勢が整うまで地球火星防衛軍として敵の上陸を阻止する働きが求められた。

7月初旬、アルファースト星の「大型円盤宇宙船」2隻が「武装大型宇宙艦」3機の護衛を受けて、火星の東半球の南部にあるヘラス盆地に着地した。ここは直径2千100km、深さ9kmという大きなクレーターで、火星地上での最低地であり、彼らはここを拠点にして火星上の占有地を拡げてゆく計画のようだ。この段階で敵の戦力としては、主力艦である「武装大型宇宙艦」が衛星フォボス基地に4機、ダイモス基地に1機、そして新たなヘラス基地に2機が配置されており、他にかなりの数の中型円盤型武装艦が各基地にあるようである。

これに先立つ6月中旬、「国連宇宙対策司令本部」は「宇宙大型運搬船」

2隻を地上部隊兵士と戦車・機動戦闘車に、ミサイル発射機を満載して地球から出発させた。続いて、月面地球軍事基地から、改良・整備を終えた「宇宙戦闘母艦」2号艦と3号艦を「宇宙大型運搬船」2隻とともに発進させた。この両者は9月上旬に火星の4万km上空で合流し上陸できるタイミングを図り待機することになった。「ヴァシミールロケット」の採用により格段に飛行速度が上がったこれらの艦船は、火星・地球間の最短距離（衡の位置）をあまり配慮せずに作戦行動ができるようになった。とはいえ、最長距離（合の位置）との差が最も開いているときには3億kmにもなることがあるのであるから、地球または月から火星に向けて出発するタイミングがかなり限定されていることに違いはない。

先の地球軍基地への攻撃に続く、敵の先制的な行動により、火星本土上陸を許してしまった「火星地球統括本部」としては、彼らとの火星での共存を容認する考えはまったくなく、反撃するための態勢作りを急いだ。そこで、月面に残っている1号艦を至急に火星に呼び寄せる指令を出した。これにより手薄になる月面の軍事力は、当面、敵軍にも来襲の余力はないであろうという見込みと、地球からの補充を急ぎ、地対空ミサイルとレーザー砲の地上固定砲座を増強することで凌げるであろう。

そして、何としても、上空に待機している運搬船をわれわれの火星基地に着地させることが先決であるので、「宇宙戦闘母艦」2号艦と3号艦に、先に火星に駐屯している4号艦とで「宇宙大型運搬船」4隻の防御を固める陣型を整え、10月初旬に火星地上への降下を始めた。予測どおり、敵は各基地から発進した「武装大型宇宙艦」4機と中型円盤型武装艦が集まり、火星上空4000mあたりで激しい空中戦となった。戦力として明らかに劣る地球軍は苦戦を強いられ、4号艦と大型運搬船1隻が撃墜されたが、3隻の運搬船と「宇宙戦闘母艦」2号艦と3号艦は損傷を受けながらもクリュセ平原とアイオリス台地の基地に分かれて着地することができた。敵機もかなりの損傷を受けてそれぞれの基地に引き揚げていったが、その修復には時間がかかるであろう。

この結果、地球軍は歩兵450名と戦車など9台、そして地対空ミサイル発射機4機を得て、歩兵戦車部隊の3分の2がクリュセ平原地球軍基地に、残り3分の1がアイオリス台地基地に配備された。そして、「宇宙戦闘母艦」2艦が地球軍艦として初めての本格的火星地上駐屯となり、とりあえず「地球火星防衛軍」としてのベースが整った。「宇宙戦闘母艦」1号艦もまもなくクリュセ基地に到着する。

11月中旬、地球軍は歩兵120名、AIロボット兵40体、戦車3台、機動戦闘車5台の陣容を整えて、敵へレス基地の殲滅を目指し、「宇宙大型運搬船」2隻に分乗してアイオリス基地を出発した。ヘレス盆地の東端にあるハルマキス峡谷の入口付近までおよそ2千300㎞あり、敵に気付かれることなく着地でき、ここから部隊を4隊に分け盆地の中を分散して進んでいった。敵基地からはすぐに中型円盤型武装艦が飛び立ちレーザー砲を放射してきたが、わが軍はAIロボット兵を前面に配置し、地形の起伏を利用して攻撃を避けつつ前進していった。また、月面戦争の教訓とし、敵機の位置を捉えるレーダーと連動して速やかに旋回する砲座と照準を改良した戦車が、敵機の動きを抑制するのに力を示した。そして、四方から迫るわが陸上部隊は、着地している敵の「大型円盤宇宙船」と「武装大型宇宙艦」からの激しいレーザー砲の放射を受け50名以上を失いながら、敵艦船の外殻にタイマー爆弾を取り付けることに成功した。これに気付いた敵軍はすべての艦船を発進させ上空に逃れた。タイマー爆弾の威力は小さく、外殻に穴を開ける程度の損傷を与えただけだったので、敵は全機フォボス基地に引き揚げてしまった。結局、月面戦争のときと同じように、地球軍の人海作戦が成功したということであった。

　２０５４年３月、「国連宇宙対策司令本部」は次にアルファースト星軍の衛星ダイモス基地を奪取する決定をした。

　火星第２の衛星ダイモスは、直径13㎞（三軸型）で、フォボスと比べて半分以下の大きさであるが、質量は７分の１しかない。火星表面からの距離は約２万㎞であり一周30・５時間でほぼ円形の周回をしている。このときのアルファースト星軍のダイモス基地には「武装大型宇宙艦」１機と数機の中型円盤型攻撃機が駐機している他には小さい建物があるだけだったが、それらを囲むように６基の固定レーザー砲台が配置されていた。

　２０５４年４月初旬、地球軍は敵のダイモス基地攻撃を開始し、先の戦いで受けた損傷を３Ｄプリンターで修復し終えた「宇宙戦闘母艦」２号艦（艦長インド空軍中佐）と３号艦（艦長カナダ空軍少佐）が南北に離れて接近していった。早くからこの動きを探知していた敵軍は基地の全機に加えて、フォボス基地から応援に来た「武装大型宇宙艦」1機が空中待機しており、両軍の艦載機を交えた激しい空中戦が始まった。地球軍の空対地ミサイルがダイモス地上施設に向かって発射されたが、敵の地上からのレーザー砲による迎撃放射によっ撃ち落とされ基地に与えた被害は僅少であった。敵味方ともに母艦の損傷は少なかったが、撃墜された双方の艦載機の数は相当数にのぼり、この日の戦闘は日没を前に終わった。

この日の結果を受けて、「国連宇宙対策司令本部」と「月面地球軍事基地」から軍事作戦機能を移していた「火星地球統括本部」は戦略対策会議を開き、空軍の軍事力だけではダイモス基地奪取が難しいことを認識し今後の戦術について意見が交わされた。しかし、空軍力の早急な増強がない限り、選択肢としては歩兵部隊の上陸以外にないことは明白であった。

9月中旬、地球軍は再びダイモス基地奪取のための上陸作戦に取り掛かり、「宇宙戦闘母艦」1号艦と3号艦が「宇宙大型運搬船」2隻とともにクリュセ平原基地から飛び立ち1時間半で衛星ダイモスに近付いたが、ここでは敵の固定レーザー砲からの激しい迎撃を受けた。それは上下左右の全方位に放射ができる優れもので、この正面攻撃での上陸はまったく敵わないことを思い知らされた。この基地があるのは西経90度の赤道部であり、その裏側西経270度付近が窪みになっている。このエリアが基地からの死角になっているのだが、何といっても長いほうでも直径が15㎞しかない小さな星である。如何にしてこの死角に取りつくかに上陸の可否がかかっているといえよう。

2055年1月下旬、地球軍は満を持して敵ダイモス基地への上陸作戦を試みた。これに先立ち2年前に発注していた「中型宇宙戦闘機」4機が地球から到着し、新戦力として加わっており、「宇宙戦闘母艦」2号艦と3号艦とともに敵機と対峙した。「宇宙大型運搬船」3隻は歩兵部隊230名と武装機動車両を乗せて、小さな衛星ダイモスの基地裏側への着陸を目指した。さらに、この作戦では「宇宙戦闘母艦」1号艦と「中型宇宙戦闘機」4機がアイオリス台地地球基地から発進し、敵フォボス基地上空を旋回しながら基地への攻撃とダイモス基地への救援に向かおうとする敵機を牽制することにより、味方の上陸作戦を助ける力となった。ダイモス基地にいた3隻の敵「武装大型宇宙艦」とその艦載機との空中戦は、基地からのレーザー砲の放射を避けるために、彼らを基地から800㎞離れたエリアに巧みに誘導したわが空軍機との間で激しく戦われた。新しいわが空軍の「中型宇宙戦闘機」の優れた機動性は人間パイロットの技能と相俟って、ＡＩロボットの操る敵艦載機を圧倒していき、護衛を失った宇宙艦はフォボス基地に向かって遁走した。この間に目的の場所に着地したわが軍の「宇宙大型運搬船」は歩兵部隊と車両を上陸させ、直ちにわずか10㎞足らず先の敵基地レーザー砲座の破壊に向かった。基地を守っていたのは十数人のアルファースト星兵士とＡＩロボット兵30体ほどであったようだが、この状況を見て自ら砲座を破壊して、円盤型輸送船で逃げ去ってしまった。しかし、フォボス基地近くに戻って来るまでに、この円盤型輸送船と「武装大型宇宙艦」１機はわが軍によって撃墜され、もう１機も中破された。

かくして、地球軍は火星の衛星ダイモスの奪取に成功したのである。

地球にとって、衛星ダイモスの価値は火星への中継ステーションとしての利用にある。それは火星に比べてほとんど無視できる位の微小な重力であるために、宇宙船の離着陸に要するエネルギーが最小で済むことである。しかも、大気には水素・炭素・窒素それに酸素が存在し、宇宙船の燃料であるロケットの推進剤となる液体酸素・水素やメタンの製造と供給ができることである（これは衛星フォボスにおいても同様である）。
火星に人類が着陸してからまもなく20年になるが、これまで衛星ダイモスをこのようにして利用していなかったのは、地球と火星の往来頻度が少なく、研究と探査に要する人の移動だけで、物資の運搬が少なかったためである。

われわれは、アルファースト星軍による先の火星クリュセ平原地軍球基地とイシディス平原基地への激しい攻撃から見て、彼らの戦略としては、火星上の地球人を全滅させた後に上陸して基地建設に取り掛かるのであろうと考えていた。また、彼らへの補給は小惑星セレス基地との間でなされているのだろうと思われ、現在もフォボス基地への輸送船の往来が頻繁に見られている。したがって、彼らが火星の地上に基地を造ることができなければ、現地採集の鉱物資源などを使っての機器再生・補修が十分にはできず、次への展開が不可能となり引き揚げざるを得ないであろうと考え、何としても敵に火星地上基地を造らせないことを目的に「地球火星軍事基地」の建設を急いでいたのである。しかし、現況でのアルファースト星軍の動きを見ると、もともとの構想として火星本土への侵略に先行して、二つの衛星を略取することがあったのだろうとする意見が強くなった。

火星の衛星フォボスの表面には多くのクレーターがあり、この衛星の成立が火星の重力に捉われた小惑星であったことは、岩石の組成が同じ炭素質であることからも推定されている。アルファースト星軍がこの衛星に基地を構えてからすでに10年を越えており、ここで資源鉱物の採掘・精練を行なっていることが調査でわかった。

この小惑星や、それに関連する隕石の鉱物組成の分析も進んでおり、日本でも、2010年の小惑星探査機「はやぶさ」による小惑星イトカワや、2020年の「はやぶさ」による小惑星リュウグウから直接採取した岩石の分析が有名である。その結果、ニッケルを代表とする金属含有量の多さと、プラチナ属貴金属、稀小金属の存在が確認されて「鉱物資源の山」としての小惑星群が注目されている。この小惑星にロケットを取り付けて地球静止軌道まで運び込み資源の採掘を行なおうという壮大な構想も考えられているのである。

したがって、これまでの敵の火星本土での基地建設阻止という戦略を変更して、今後は火星本土に対する敵のこだわりは少ないだろうという判断に立って、新しい戦略を立てるべきであるという結論に達した。その結論は、フォボス基地への直接攻撃は敵の防御態勢がしっかりしていて難しいので当面見送ること、その上で小惑星セレスとの間の輸送ラインを断つことに戦力を集中することであった。その上で、「国連宇宙対策司令本部」はメインベルトの小惑星に対する探査を軍事面にポイントを合わせて強化することに決めた。具体的には小惑星の軍事的利用で、選ばれた星にロケット推進機を取り付けて人為的にその進路をコントロールし、目的とする星に衝突させて破壊しようというものである。これは隕石の地球への衝突を防ぐための方法としてすでに検討が進められている手法であるが、理論的にも技術的に問題はないと考えられているものの、未だ実用実験もなされていない手法である。

２０５５年5月初めに、そのために開発されたロケットプレーンタイプ（垂直離陸式）の「有人武装小惑星探査機」ブルーパンサー1号が日本の種子島宇宙空港から出発した。目標の小惑星ゾーンは２・６億km先であり、到達までおよそ１８０日を要する（マッハ50として）と考えられており、続いて２号、３号機も出発できるように準備に入った。

現在のところアルファースト星軍は火星地球軍基地への攻撃を止めており、また、地球から火星への補給船が襲われることもなく時間がたち、徐々に、われわれの基地の修復が進み、現地で採取精練した地下資源を使用し3Dプリンターで再生した機器も整ってきた。

アルファースト星の意図が資源取得であることは明白であり、現在占拠している2つの衛星は死守するが、火星本土の侵略には当面手を出さないという姿勢が窺われることに対して、地球側は戸惑いを覚え、このまま対決を続けることへの疑問を口に出す人も出てきた。しかしながら将来への不安、交渉の手段がないことから、それらは少数意見として葬り去られ、何としても排除するべきという総意が覆ることはなかった。

今後のアルファースト星側の動きとしては、小惑星セレスとの間の輸送ラインを死守するためには全力を傾けてくるであろうから、今の地球軍の戦力では相当の苦戦を強いられると考えなければならない。輸送船の往来は不定期であり、基地のレーダーが700㎞手前で感知しても、そこから数分後には火星上空に達しているはずなので、もしそれを破壊するとか、あるいは捕獲しようとするのであれば、あらかじめ空中で待ち受けている体制を組んでおかなければならないだろう。また、地対空ミサイル発射機の整備を急がなければならない。
「宇宙戦闘母艦」3号艦がクリュセ平原基地から輸送ラインの下調べのために飛び立ったところ、すぐに敵はフォボス基地から「武装大型宇宙艦」を発進させ追尾を始めた。この日は輸送船の往来がなかったが、レーダーで探知をしながら攻撃のタイミングを探る日々が続いた。

2055年6月中旬、地球基地のレーダーが敵フォボス基地を出発し小惑星セレスに向かう輸送船を探知し、「宇宙戦闘母艦」2号艦と3号艦が攻撃のためにクリュセ平原基地から発進したが、敵は輸送船2隻を「武装大型宇宙艦」3機が護衛する鉄壁ともいうべき船団を組んでいた。このため攻撃を諦め、どこまで護衛をして行くのかを確認するために追尾を続けた。その結果およそ火星から2万2000㎞まで護衛したのち引き返して行くことがわかった。このようなアルファースト星軍の態勢に対して、地球側は今後の軍事的戦略をどのように立てるかあらためて検討に入った。

2055年11月中旬、有人小惑星探査機ブルーパンサー1号は小惑星番号

2番のパラスに人類初の小惑星着陸を果たした。小惑星パラスは、直径532kmで太陽からの近日点距離約3・2億km、遠日点距離約5・1億kmの楕円軌道を廻っている。ここから小惑星セレスの観察を行なった結果、明らかに地上に建築物の存在が確認され、アルファースト星人が中継地としているという推定に間違いはなかった。

ここでのわれわれの為すべきことは、まず、セレスとパラスの軌道上の遠近を正確に把握することと、次に、利用する小惑星を選定することである。そして、この間にアルファースト星軍がどのように動くのかということが最も気になるところである。

着地した小惑星探査機ブルーパンサー1号をそのままパラス基地として用いることになるが、もし敵軍がセレス基地から攻撃を仕掛けてきたら、瞬く間に破壊されてしまうだろう。すでに2号機と3号機は火星基地に来て待機しているので、「宇宙戦闘母艦」2号艦とともに応援に来るように要請した。

これに先立つ9月中旬、しばらく膠着している両軍の間に、動きを見たいと考えた地球軍側は、敵フォボス基地から輸送船が出発したのを確認して、その隙をついてフォボス基地を攻撃するために「宇宙戦闘母艦」3号艦と

「中型宇宙戦闘機」４機をクリュセ平原基地から発進させた。

火星の衛星フォボスは一番長い部分の直径が19㎞のジャガイモのような形をしている。短い部分の直径が約27㎞、火星表面から約６千㎞の軌道を７時間40分弱という速いスピードで廻っているため、地球と同じく１日が約24時間の火星表面では、日の出が一日に２回あるようなものである。また、月と同じように自転と公転の周期が同じであるため常に同じ面を火星に向けている。アルファースト星軍のフォボス基地はこの裏側に設けられている。このような諸事情があるために、火星の地球軍基地からそこに向かって長距離弾道弾ミサイルを撃ち込むことは極めて難しいのである。

30分足らずで敵基地上空に達した地球軍に対して、ここでも四方に配置された固定砲座からのレーザー放射と、迅速に飛び上がった「武装大型宇宙艦」２機が迎撃してきた。

敵基地を急襲し即撤収をもくろんでの攻撃であったわが軍は、敵の反撃の早さに驚いたものの、駐機中の敵「武装大型宇宙艦」２機と建物に相当な損害を与えることができた。ところが、クリュセ平原基地に帰還しようと近付いたときに、輸送船を護衛していたはずの敵「武装大型宇宙艦」３機が急遽引き返し、わが軍を追撃してきたのである。慌てて応戦体勢を立てなおす間もなく「宇宙戦闘母艦」3号艦が撃墜されてしまい、基地地上施設にもかなりの被害が出た。結局、この日の作戦では地球側のほうが失点が多くなってしまったのである。

敵フォボス基地への直接攻撃が難しいことをあらためて確認した「国連宇宙対策司令本部」は、ここで「小惑星作戦」に本腰を入れることになった。

太陽系天体における惑星形成過程において、惑星の大きさにまで成長できなかった天体や、その衝突破片が集まっているゾーンにあるのが小惑星群（メインベルト）であり、地上で採取される隕石の多くがここを母天体にしている。2001年2月に無人の小惑星探査機ニア・シューメーカーが小惑星エロスに着陸して以来、日本の「はやぶさ」を含めて多くの無人探査機が着陸している。この小惑星群の中で望遠鏡で1801年に最初に発見されたのがこの中で最大サイズのセレスであり、小惑星番号1番が与えられるとともに現在では準惑星としても認定されている。2015年にNASAの宇宙探査機ドーンが初めてセレスに接近し表面に多数のクレーターや火山のような山があることを明らかにした。

セレスの地球からの平均距離はおよそ2・6億㎞であり、直径約974×

909kmで球形に近い。そして、太陽からの近日点距離約3・8億km、遠日点距離約4・5kmの楕円軌道を廻っている。この小惑星セレスに衝突させ、その一部を破壊するためにはどの位のサイズが必要なのか、衝突速度は、角度は等々、さらには、取り付ける推進ロケットの大きさはどの程度のものかと、シミュレーションを繰り返して検討が重ねられた。

そして、小惑星番号が付けられている64万個あまりの中から、絞りに絞っていった結果、最終的に決められたのが小惑星番号2867シュテインスである。

シュテインスの地球からの平均距離はおよそ2億kmであり、直径約5・9km×4・0kmで逆四角錐形をしており、太陽からの近日点距離約3・0億km、遠日点距離約4・1億kmの楕円軌道を廻っている。それは、セレスに比較的近い軌道を廻っている小さな星で、われわれが着陸している小惑星パラスとの間は平均で6100万km離れている。

「小惑星作戦」は、このシュテインスを周回軌道から外して、その進路を自由自在にコントロールして、敵の基地があるセレスに衝突させようという作戦である。

小惑星パラス基地には小惑星探査機ブルーパンサー1号に続いて、2号機も到着しており、その前には3号機が火星地球軍基地に到着している。さらに「宇宙大型運搬船」がまもなく到着するはずである。この間、「宇宙戦闘母艦」2号艦による護衛を伴っての飛行ではあったが、アルファースト星軍の妨害はまったくなかった。

２０５６年2月下旬、ブルーパンサー2号がパラスから飛び立ち、シュテインスの調査に向かい、47日後に上空に達し平坦地を探し垂直着陸した。最長の場所でも６㎞に足らない小さな陸地しかない上に、大小のクレーターがある。地球軍としては、推進ロケットエンジンを設置するのに適切な箇所を見付けるためにそのまま滞在し続け、資器材を積んだ「宇宙大型運搬船」が飛来するまで待つことにした。

その中で、敵のセレス基地の軍事機能を偵察するために、「宇宙戦闘母艦」2号艦がルートを変更して小惑星セレスに向かった。何といっても、広い宇宙空間では、それぞれの軌道を周回している小惑星パラス、シュテインス、セレスの互いの位置関係の中で、互いが接近するときに合わせて、わが軍機が最も短い時間でそこに到達するのはきわめて限られたタイミングなのである。

そのようなわけで、「宇宙戦闘母艦」2号艦からの敵セレス基地の偵察結果が「国連宇宙対策司令本部」に届いたのは2056年5月上旬であった。その報告では、アルファースト星軍基地には大小の建物が並び、その東端に駐機している数機の輸送船と発着場の他には、軍事施設のようなものは見当たらないとのことであった。考えてみれば、彼らの地球侵略において敵対する地球軍が、この小惑星群にまで力を及ぼしていないことは、彼らにはわかっていたはずである。

2056年5月中旬、小惑星シュテインスに「宇宙大型運搬船」が到着し推進ロケットエンジンを設置する作業に入った。採用されるロケットには液体燃料方式が、その安定した実績と制御の容易性から選ばれた。必要とされた推進力を得るために4台のエンジンを四方向に取り付けることになり、並行して飛翔する小惑星探査機ブルーパンサー2号から遠隔操作される。理論的には、或いは数字的なデーターは揃っていても、何しろ初めての試みであり、すべてが試行錯誤である。シュテインス地表での作業がすべて終わり、試運転を行なったのは6月下旬であった。最初はオペレーターが地上に残って操作を行なったのであるが、進行方向のコントロールはスムーズにできたが、推進力が大きすぎたのか、動きが速すぎることがわかりエンジン出力を絞る調整を行なった。その後ブルーパンサー2号からの遠隔操作を試みたがすべて計算どおりにコントロールできるようになり、アルファースト星軍に対する次のステップとしての「小惑星作戦」の準備が整った。

この間も敵セレス基地への輸送船の往来は続いており、さらに、おそらく母星との往来に使われていると思われる大型の輸送船の発着が見られた。

アルファースト星軍側は、地球軍側の小惑星ゾーンでの動きを掴んでいるはずであるが、それに対して何もしてこなかった。われわれが2055年5月にブルーパンサー1号を小惑星ゾーンに向けて地球から出発させたとき、彼らはその目的を知らなかったであろうし、小惑星パラスに近付くまでの間に、火星上空での輸送ルートを巡るわが軍との戦闘があり、気付いても対抗処置を取る余裕がなかったのではなかろうか。アルファースト星軍としてはフォボスとセレスの両基地間の移動に120日も要することが大きな足枷となっており、ここに起こったことはすべてその間の出来事であった。

彼らは、2048年に始めた地球侵略のその後の経過も、また地球側の素早い対応と軍事力も当然母星に伝えており、早急な武力の増援を要請しているはずである。

アルファースト星軍にとっては地球侵略における最大の問題が中継基地のことであろう。中継基地としての小惑星セレスは岩石惑星であり安定した地盤とともに鉱物資源採集可能という好適な星であるが、着地するだけであれば地表が硬い氷（水とは限らない）で覆われた星は中継地として使えるであろう。その点で見れば、木星の衛星である氷の衛星エウロパ（直径約３１００km）はセレスの前の中継基地である可能性もあるが、小惑星セレスから３・６億km離れており、２５０日以上の飛行が必要であると思われる。アルファースト母星からの軍事援助があったとして、それが直前まで来ているのかもしれないが、セレス基地に軍事機能が見当たらないとなれば、まだ届いていないことになる。

したがって、地球軍が小惑星パラスに基地を設けてしまった今となってはすでに手遅れで、セレス基地にフォボス基地の「武装大型宇宙艦」を一部に移すことも、フォボス基地の防衛が手薄になるので彼らとしては考えられないことであろう。

地球側としては、このような一連の経過をすべて連動させた作戦として進めたわけではないが、結果的には、ここでわれわれが主導権を握ったという感触を明らかに感じることができたのである。

火星の地球軍基地では、先に失った「宇宙戦闘母艦」3号艦に代わり「中型宇宙戦闘機」を増強し、5機編隊を2編成と予備2機という態勢が整った。

2056年10月初旬、敵輸送船を追って「宇宙戦闘母艦」1号艦（艦長フランス空軍少佐）がアイオリス基地から、2号艦（艦長ドイツ空軍中佐）と「中型宇宙戦闘機」5機がクリュセ基地から発進した。敵は輸送船2隻と護衛の「武装大型宇宙艦」3機という船団を組んでおり、火星から約2万kmの地点で追い付いたわが軍との間で激しい戦闘が始まった。それぞれの艦載機同士の空中戦の間に、輸送船に集中砲火を浴びせるわが軍の戦闘母艦のサイドを狙って、敵の武装宇宙艦の主砲レーザービームが放射されてくる。その直進するビームの方向を妨げようと、わが「中型宇宙戦闘機」が照準を中央指令室に合わせてミサイルとレーザーで攻撃するという展開の中で、わが軍は輸送船を2隻ともに撃墜することができた。しかし、双方ともに撃墜は免れたもののかなりの損傷を受けて、かろうじて母港に帰り着いたものがほとんどという激しい戦いであった。

この間中で、最も恐れていたのが、フォボス基地に残っている「武装大型宇宙艦」によるわれわれの火星基地への攻撃であったが、基地の固定砲座と地対空ミサイル発射機を恐れてか何事も起こらなかった。

このタイミングで「国連宇宙対策司令本部」から「火星地球統括本部」に対して新しい指示が出された。それは、火星を地球の将来に向けての大切な「準母星」的な存在として守るためには、衛星フォボスをアルファースト星軍から奪取することが第一ではあるが、彼らを殲滅する必要はないので、撤退を促す方向に仕向けるようにというものであった。

具体的には、敵の中継地である小惑星セレス基地に対して、小惑星シュテインスを衝突させるという「小惑星作戦」をちらつかす「脅し作戦」で、彼らの出方を見ようということになった。このとき、小惑星パラスには小惑星探査機ブルーパンサー1号と2号機に、「宇宙戦闘母艦」2号艦と「宇宙大型運搬船」が駐屯しており、パラス、シュテインス、セレスの3つの小惑星の位置関係が最も良いタイミングを見ながら、指示を待っていた。

2057年1月、パラス基地から発進した小惑星探査機ブルーパンサー2

号がほどなく小惑星シュテインスの横に着いた。そして、遠隔操作によるシュテインスの進行方向の制御を確認しながら、敵の基地がある小惑星セレスに近づいていった。ここで難しいのはシュテインスが受けるセレスからの引力であり、もしも、両者の間の距離を間違って衝突させてしまったら、基地に損傷を与えずに、味方は大事な切り札を失い、敵に反撃の機会を与えることになりかねないのである。ただ衝突させるだけであれば簡単なのであるが、今は「こちら側はどのようにでもできるぞ」という動きを敵に見せつけることが目的なのである。したがって、慎重にシュテインスの動きをコントロールしながら、敵が基地を破壊される恐れがあると納得するまでは、並行して飛行することになる。

アルファースト星側としては、補給機能を備えた中継基地としての小惑星セレスの存在はきわめて重要で、これを失えばフォボス基地から母星への帰還はほとんど不可能になると思われる。

そこで、われわれの動きはセレス基地からフォボス基地に逐次送られているであろうから、「セレス基地には手を付けないから、フォボスから撤退して欲しい」という地球側の意図を理解して、彼らがその希望を受け入れてくれることを期待して待つことになった。

依然として地球人とアルファースト星人との間に言葉による会話も書類によるやり取りもできない情況が続いているので、われわれのこの願いも、まさしく以心伝心に期待するしかないのである。

２０５７年４月、ついにその効果が現れ、アルファースト星側に動きがあった。これまでセレス基地から母星との往来にだけ使われていた大型輸送機２機がフォボス基地に向かったのである。

この頃、フォボス基地では前年10月の戦闘で大きな損傷を受けた「武装大型宇宙艦」２機が破棄され、５機になっていたが順次輸送船とともに基地を離れセレス基地に移っていく様子が見られるようになった。「火星地球統括本部」は小惑星探査機ブルーパンサー３号をフォボス基地の上空で旋回させ情況の逐一を報告させた。

８月中旬に大型輸送機２機がフォボス基地に到着した。そして５年余り前に彼らが月面基地から撤退したときと同じように、基地の地上施設のすべてを自ら完全に破壊し、最後まで残っていた「武装大型宇宙艦」２機とともに、衛星フォボスから去っていったのである。

彼らが去っていった跡には、地下鉱物資源を採掘し精練した後の残滓で埋めた丸いクレーターが幾つもあり、相当の量の金属資源を採取していたことが窺われた。

２０５７年12月、小惑星セレスのアルファースト星軍基地の駐機場が各種の艦船と飛行体で溢れているという報告が、小惑星パラスの地球軍基地から「国連宇宙対策司令本部」に届いた。ここで、「国連宇宙対策司令本部」は全世界に向かって、「地球とアルファースト星との間の抗争は終結し、今後は両星の平和的共存の道を探ることになる」と発表したのである。

小惑星パラスの地球軍基地は、新たに、小惑星セレスにおけるアルファースト星軍基地の動向監視とともに、鉱物資源の調査と開発のための常駐施設として整備されることになり、小惑星シュテインスは設置した推進ロケットを残したまま、元来の軌道に戻し管理を続けることにした。これまでは外部からの探査対象であった小惑星が、今回の騒動の結果、予想よりも早く火星に次ぐ有人開発に加わったことは大きな利得であったといえよう。

終章

序章で述べたように、ＵＦＯについての話題や関心が多くなってはいるものの、それが「地球外知的生命体」の存在、ましてや彼らによる「地球侵略」につながるのか、というようなことが真剣に取り上げられるほどまでには進展していないようだ。現代のわれわれの技術力はそれを解明できるまでには到っていないのも事実であるが、しかし、近未来における地球に対する危機感への問題提起としても、或いは、われわれの想像力に刺激を与える格好のアイテムとしても、無視してはならない事案である。

確かに、私自身もそうであるが、実証できない事象は信じないというのが多くの現代人の思考である。しかし、この広大な宇宙にある無数の星々の中で、われわれの地球のような星は唯一であるということがあり得るのだろうか。私たちの銀河系の約２千億個ともいわれる恒星が持っている惑星や、５千個を越える太陽系外の惑星（系外惑星）の中に地球に似た惑星があり、地球に生命が誕生したのであれば、必ず地球外知的生命体が存在するであろう。私は、未だ実証されていないが、この宇宙のどこかに地球のような星は必ず存在するし、そこには知的生命体がいることは間違いないと考えている。

しかし、現在わかっているところで、「太陽系にはそのようなハビタブルゾーン（生命の存在可能な領域）は、地球以外にはない」ということはおそらく正しいのであろう。また、太陽系の外縁天体の先端は太陽から15兆km（約1・6光年）離れた場所であるが、仮にそこに知的生命体のいる星があったとしても、それはわれわれの知的興味や学問的研究対象とはなっても、地球の存続に係わる問題には何も関係ないと考えて良い。何となれば、そこから地球に到達するまでに、時速6万km（約マッハ50）で飛行する宇宙船でも、最短で2万8千年以上かかるからである。もし、そこから地球侵略の意図を持って来た異星人がいたとすれば、それはもう例のワープ航法を完成した高度の技術力を有しているはずであるから、地球はいちころで征服されてしまい、どうしようもないであろう。今のところそのようなことがないので、考えても始まらないということである。

もう少し身近なところで、太陽系惑星の中で最遠にある海王星まで、地球から約45億km離れていて、1977年に打ち上げられたNASAのボイジャー2号が、途中の惑星などを探査しながら、12年後の1989年に近くを通過していることは先にも触れたが、もちろん、前記のようにここまで地球外知的生命体は発見されていないし、仮にいたとしても何も問題になっていないのであるから、ほっとけば良い。

それでも本書に取り上げたようなことが起こるかもしれないと考えるのは、このあまりにも広大な宇宙の中で、われわれは孤独であるはずがないし、あってはならないという感覚が逆説的にはたらいて、私は、現在得られているＵＦＯに関する不確実ではあるが現実性の見られる情報の中に、万が一という期待を見いだしているからである。

ＵＦＯや宇宙人を想起させる地球外生命体についての研究は、長く科学界が本気では取り扱わないテーマであったが、この宇宙のどこかに地球外知的生命体がいるのではないかという調査を始めたのが「地球外知的生命体探査(SETI)」による１９６０年の宇宙電波望遠鏡による電波の受発信によるコミュニケーションの試みである。

もしどこかに地球外知的生命体がいて、これを受信したならば、何らかの返信をしてくれるであろうという期待、そして、すでに彼らが何らかの発信をしていれば、それをわれわれは受信して、返信ができるであろうということである。これが成功すれば、地球外知的生命体がいたという素晴らしい実証がなされるのであるが、まだ成功していない。

しかし、地球からこのために宇宙に向けて電波を発信してから、信号はまだ80光年ほどの距離にしか達していないし、それより遠い星から送信されたかもしれない信号は地球にまだ届いていない。序章で述べたように、太陽系天体は天の川銀河の中心から2万8千光年離れた場所にあることを思い出して、地球から80光年という場所をイメージして欲しい。


ここで考えなければならないことは、この方法にのみ頼って、結果を期待しているのは間違っているのではないかということである。

コミュニケーションの媒体として電波を用いるということは、「言語」があるということが前提になっているはずであり、言語を電気信号に換えて送信しているのである。

ここで「言語」とは「音声と文字」で成り立ち、「ことば・言葉」は「音声」だけで成り立つもの、と区別して使い分けていることに注意して欲しいのである。地球上の生物で言語を使ってコミュニケーション（思念の伝達・意思疎通）を図っているのは人類だけである。人類以外のすべての生物のコミュニケーションの手段は、基本がテレパシー（精神感応）で、音声をサブに使っていると考えられる。

イルカやクジラに追われて、大きな固まりのような群れをつくり一体となって一斉回頭し方向を変えて逃げるイワシやニシン、同じようにハヤブサに追われて、大きな群れで一体となって集団飛行し、一瞬の間に散開したり展開して逃げるムクドリの動きをテレビなどでご覧になった方も多いと思うが、この動きはテレパシーによる以外には考えられないのではなかろうか。群れで狩りをするライオンやオオカミ、シャチなどの動きもそうであろう。知能の高いと言われるチンパンジーやイルカは鳴き声をサブに使っているが、仲間同士の会話はテレパシーで行なっていると思われる。人間は愛犬とかなりの意思疎通ができるが、声と身振りがその媒体であり、犬同士のテレパシーによる意思伝達の内容はわからない。


それでは、テレパシーを伝達する媒体は何なのであろうか。電磁パルスのようなものであろうといわれているが、その伝達距離とか、増幅する方法とか等々わからないことばかりであるが、何といっても、もしキャッチできても言語でなければ翻訳できないのではないだろうか。

言語を有する地球人において、物体や固定的なものを表す言語を「外的言語」といい、思考し、外界の変動に応答する抽象的な言語を「内的言語」という。そして、宇宙の知的生命体とのコミュニケーションの方法は、電波などの伝達する媒体があり、互いにこの外的言語を持つならば相互翻訳が可能であり、さらにその実体を観察して明らかになるにつれて内的言語も推測できるようになるであろう。

言語を用いることによって、人類が地球上で最も知的に優れた生命体になったことは紛れもない事実である。

しかし、ここで強調しておきたいことは、地球人が言語を用いてコミュニケーションを行なっていることは例外的であり、それをもって、地球外知的生命体も言語を使っているはずであると決めつけてかかることはできないということ、そして言語を持たないから知的でないという根拠はどこにもないということである。

したがって、言語をベースに成り立っている宇宙電波望遠鏡を用いての、電波の受発信による地球外知的生命体の存在の調査だけでは十分ではないのである。

ともかくも、ＵＦＯに関心が向いてからおよそ１００年余り、人々が漠然とした不安を感じながらも好奇心の対象としてもあり続けたことが、いきなり地球外知的生命体による地球侵略という事変として現出するというのが本書である。

今回は、アルファースト星（どこに有るかは不明だし、あえてそれを問わないし、どこにあろうが関係ない）が地球圏に攻め込み、地球がそれを退けたという形にしたのであるが、宇宙における地球の領土とは何かということを初めて真面目に考えることにもなった。月が地球の衛星であるということは、天文学上のことであり、領土とは関係ないことであるが、それこそ、先に言語について述べたように、「領土」という概念が地球上では意味のあったものなのに、宇宙空間においても有るのだと思い込んでいたのである。領土を主張するためには、必ず相手の存在があるはずなので、今回初めて「地球外生命体のいる星」という相手を認め、領土権の主張という概念を宇宙にまで拡げたのである。

そして、われわれは宇宙における領土権は、この段階では、先住権がベースであると暗黙のうちに感じていたと思われるが、月はともかくとして、すでに有人探査基地を設営していたとしても、それが火星にまで及ぶとは、多くの人々が考えていなかったであろう。また、知的生命体のいない星に対して資源開発を中心として侵攻するということはどこでも起こり得る問題であることも知れた。

今回、この事変で得た学習・経験は、われわれがこれを今後どのように活かして行くべきなのかといった、大きな問題をはらんでいる。

今回学んだことで、もう一つ大きなことは「ＡＩロボット兵」である。製造業における産業用ロボットの活躍はめざましいものがあり、この分野でそれを抜きにしては考えられない現実があり、一方で、いわゆる人型ロボットの開発は福祉介護をはじめ、サービス業を中心に広く使われ、人間に代わる労力として重要な存在となりつつある。そこでは、決められた工程・行動に加えて、特に後者では、ある程度は予測できる場面に対応して適切な処理ができる人工知能（ＡＩ）を備えていることが要求されている。

最新のロボットは、次の三要素が同時に働くことによって、人工生物的に機能することが求められている。

①センサー　………　周囲の状況を監視して変化を察知する。

②プロセッサー　…　どう反応するかを状況の中で選択して決定する。

③エフェクター　…　その決定を反映させたやり方で環境に反応して、何らかの変化を生じさせる。

これを一般的なＡＩとして捉えると「不確実な環境における適切な選択や決定ができ、それに従って行動する能力」ということになる。そして、これをＡＩロボット兵に当てはめて端的に表現するならば、「標的を認識し、自立的に行動する兵士」となるのであろうが、標的（敵か味方か）をいち早く識別するセンサーの精度が決め手となろう。

戦場における個々の兵士に要求される能力をＡＩでどこまで対応できるかは、極めて高度な技術を要する領域であり、複雑な状況に対処する任務は陸海空の軍隊で大きく違うことから最も難しい分野である。しかし、戦場での危険な状況を担当し人命の死傷を代替え出来るのであるからそのニーズが高いことは明白であるが、最近では大規模な紛争がなかったこともあり、少なくとも表向きは開発が抑えられていた。

今度の事変で、宇宙での戦争ではどのような大気の環境にも適応できる兵士が求められるという点からみても、ロボット化のニーズが最も高い分野であったことを知らしめられたのであるが、そのような視点で開発を進めるということはこれまでなかったのである。

ＳＦ小説の世界で、人工知能を持つロボットが将来自ら判断を下す能力を進化させて、自らの知能を増殖させた結果、意思と感情を持つようになるのではないか、その結果として、ロボットによる人間に対する反乱が起きるというような話が出てくる。本当にＡＩロボットが自ら学習し、能力を高めていくことができるとするならば、その学習するという機能はどのようにして付与されたのだろうか。

ＡＩロボット兵に求められる特徴的なポイントは的確で迅速な状況判断と反応であり、上記のように進化するロボットのベースに最も近い存在ではないかと思われる。意思と感情を持つようになったロボットが自身でどのように行動するか、さらに、そのようなロボットと人間を合体・融合させた「サイボーグ」へと、その世界は拡がっていくことはないのだろうか。しかし、もし生存本能や支配欲を持ち、人間性（思いやりや倫理）を欠いたロボットが出現したとすれば、それは人間が創ったのである。私は、ロボットに善悪のような人間性に係わる要素は一切付与すべきではないと考えている。ＡＩが如何に素晴らしい文章を書いたとしても、それを判断するのは人間である。われわれは、ロボットに人間の道具以上の役割を与えるような判断は決して行なわないであろうし、仮にもロボットが主導権を握る世界が来ないように管理できるはずである。

しかしながら、話を宇宙のどこかにある知的生命体のいる星とすると、どうであろうか。例えば「そこで育ち、主権を獲得したサイボーグが、次々と途中の星を中継地としながら、木星と火星との間にある小惑星群に到達した。長さ700mくらいの岩石惑星に上陸した彼らは、そこで採取した資源を使って3Dプリンターで作った核パルス推進機をその星に取り付けて、その星そのものを飛行体として地球に向けて発進させ衝突を図る」ということが起こり得る。地球人が最初に接触する異星人はこのようなサイボーグであるかもしれないのである。

話を戻してみると、この宇宙のどこかにいる知的生命体が、今回のアルファースト星人のように、地球のことを知って、この地球が極めて魅力的な星であることに気付き、地球に向かって何らかの行動を起こした場合、月や火星を前衛基地として使うであろうことは明白である。先に述べた宇宙における領土権のことはさて置いて、まずは月と火星に地球軍を常駐させること、その戦力・装備はどのようなものにするのか、というようなことについて、真剣に考えなければならない時にきているのではなかろうか。

２０２２年2月にロシアによるウクライナ侵攻が勃発した。さらに、イスラエルとパレスチナ・ガザ地区との戦争も発生し、ともに収拾の目処も立っていない。双方にそれぞれの言い分もあろうが、国家間の問題を武力の行使で解決しようと図ることが今だに起こること、そして、これを収拾させる力が国際連合にないことがわかってきたことは、大きな驚きである。

そしてこれらの紛争が長引いている中で、「防衛産業を見る世界の目が大きく変わった。持続可能な社会（サスティナビリティー）のために、防衛産業への投資は民主主義と自由、安定と人権を守るために極めて重要かつ必要だということが理解された」といった論調が出ていることを新聞で読んだ。こうした人心の流れが地球上の国家間の紛争を期に再燃したことを、私は、人類として何とも情けなく悲しく思っている。

このような問題意識は「対宇宙」レベルでこそ起こって欲しいものと考えていたからである。地球と宇宙との関わりにおいて、地球外知的生命体による地球侵略にしろ、小惑星の衝突にしろ、地球全体を脅かすような危機がいつ起こってもおかしくないということをわれわれはしっかりと認識しなければばならない。そのための準備・対策を国連本部は積極的に主導して進めなければならないのではなかろうか。そして大切なことは、その経過・結果が広くわれわれに伝えられるべきであるということである。

　ここで私は、地球外知的生命体による地球侵略について、もう一つ別のストーリーを考えており、その要点を書いてみるが、実は、もしかするとこちらのほうがあり得るのではないかと思っているのである。

《近い将来のあるとき、超大型円盤宇宙船がオーストラリア中央部に現れ上空３０００ｍに静止した。これが最初にＵＦＯとして確認されて２日後である。この異星人・エイリアンは地球人との対話ができて、これから着地するので、この土地を借用したいと要求してきた。仰天したオーストラリア政府は返答まで１週間の猶予を得て、国連本部で緊急会合を召集し各国と相談した結果、要求は容認できず、直ちに退去しなければ武力攻撃を辞さないと返答した。しかし、彼らはそれを承服せず、その２日後に武力を以てこのエリアを制圧すると通告してきた。

その場所は、オーストラリア・ノーザンテリトリー準州のタナミ砂漠の西南部で、低木と荒野の拡がる人家などはまったくない地域である。国連本部は急遽、各国の空軍からダーウィン空軍基地とブルーム基地に航続距離の長い制空戦闘機と戦闘爆撃機を集結させ、ジョセフ・ボナパルト湾に移動したアメリカ・太平洋艦隊の空母艦載機とともに、敵宇宙船の撃墜を目指して一斉に出撃することを命じた。しかし、その敵宇宙船から発進した40機程の小型円盤型戦闘機の強力なレーザー銃と機敏な動きに加えて、本船の頂頭部に設けられているレーザー砲の広角放射の威力は凄まじく、空対空ミサイル中心の地球軍機は大半を失い退却を余儀なくされた。

そして、この圧倒的な軍事力の差を実感させられた地球側は、あらためて国連本部で議論を行なった結果、異星人の技術力や軍事レベルが人類をはるかに凌駕していることを認めざるを得ない以上は、自らの生存確保を第一に考え、妥協して異星人の要求を受け入れざるを得ないという結論に到った。

彼らの要求した借用エリアは９万㎢（３００㎞×３００㎞）で、それはヨーロッパのハンガリーの国土に匹敵する面積であるが、オーストラリア国土においてはその１・２％弱に過ぎない。そこはまったく不毛の地であり、オーストラリアとしては国の名誉、尊厳を失うということではあるが、実質的な損失としては何もなかった。とはいえ、まさしく前代未聞の出来事であり、オーストラリア一国の問題ではなく地球全体の問題であることは明らかであったが、平和的共存を確約させるということで、地球の一部を他の星に貸与することになったのである。そこには、宇宙全体を総べる普遍的な価値観や道徳規範のようなものがあるのではないかとの思いや、地球外文明との接触への期待もあった。

彼らは、一回ごとに2千800人程を送り込んできて、およそ8年間でこの地を緑化、開発していき、最終的には、およそ250万人が居住する国（？）に変え、地球人との交流上も何ら問題を起こすことはなかった。

しかし、彼らの母星や高度な技術についての情報がわれわれに漏らされることはまったくなかった。もっと時間が経てば気を許してくれるのだろうか。彼らの力をもってすれば、地球全土を占領することは可能であろうという恐れが、常にわれわれの脳裏から離れなかったが、彼らにしてみれば、それは不必要な、無意味なことなのだろう。

かくして、地球上に異星人の植民地があるという、考えてもいなかった事

態が起こったのである》

如何ですか、このストーリーは？

余筆

である。

本書ができたのは、私自身に思ってもいなかったことが起こったからなのである。

三年前に「脊柱管狭窄症による膝折れ」という症状が出て、それが進行して両下肢の神経障害による歩行不随に陥り、車椅子生活になってしまったのである。幸いにしてまったく痛みがないこと、内科的には従前どおり健康を維持できているので、単に歩行障害があるだけであると割り切ることにし、現在では、リハビリ療法が効を奏して、室内では車椅子なしでも歩けるほどに回復している。

そのようなわけで、これまで外で費やしていた時間、ボランティア活動やミニキャンピングカーによる全国都道府県巡りができなくなり（7県を残した）、時間が余ってどうしようもないことになった。

私は履歴でわかるように技術屋であり、自分の思考が技術屋的であるということは、これまでの人生の中での確信としてある。しかし退職後に縁があって仏教の勉強を進める中で、三冊の本を出版し、合間に郷土史の本を自費出版もした。これは自分自身でも思ってもいなかった展開で、そのような資質があったのかと我ながら驚いているところがある。

　そして、今回のこの余った時間の使い方に、新しいものにチャレンジしてみようと考えたのが、自分の発想が十分に活かされそうなＳＦの分野であった。

　ＵＦＯとか宇宙人とかに特別に関心が高かったわけではないが、テレビで見るこれらに関連するＳＦ映画やストーリーが、いずれも特定の個人や団体の活躍とか、それに恋愛とか家族愛とかを絡ませた展開として描かれていて、全体像や本来あるべき地球や宇宙の問題がないがしろにされていることが気になっていた。そこで、一人も個人名が出てこない、地球と宇宙をストレートに主人公にしたドキュメンタリー風に仕上げてみようと考えて取りかかったのが本書である。ちなみに、最初に事変が起こると設定した２０４８年は私が１１０歳になる年で、それまでは起こって欲しくはないが、もし生きていたら遭ってみたいなーと考えて決めただけである。

　そして、これが何らかの問題提起になれば本望であり、そのように受け止めていただければ大変有り難い。

完

著者略歴

1938年（昭和13年）3月　山口県下松市に生まれる
1961年（昭和36年）3月　早稲田大学理工学部応用化学科卒業
4月　大協石油㈱（現コスモ石油㈱）入社
1998年（平成10年）5月　山口県萩市に帰郷
2001年（平成13年）12月　浄土真宗本願寺派門徒推進員になる
2004年（平成16年）2月　『念仏者の寄り道』を文芸社より出版
2010年（平成22年）1月　『萩・阿武の中世風土記』を自費出版
2020年（令和2年）2月　認知症介助士　公認検定資格を取得
5月　『爽やかな仏教徒をめざして』を22世紀アートより電子図書出版

２０２１年（令和３年）

12月　『こころの安らぎ・私には釈尊の教えだけで十分だ』を22世紀アートより電子図書出版

６月　脊柱管狭窄症により歩行障害・車椅子生活になる

21世紀《せいき》 地球《ちきゅう》対《たい》宇宙《うちゅう》戦記《せんき》

2024年 7 月10日　第 1 刷発行

著　者　河《かわ》村《むら》公《きみ》昭《あき》
発行者　堺　公江

発行所　株式会社　講談社エディトリアル
〒112-0013
東京都文京区音羽1-17-18 護国寺SIAビル6F
電話　(代表) 03-5319-2171　(販売) 03-6902-1022

印刷・製本 (有) マシヤマ印刷
〒758-0061 山口県萩市椿 3732-7

ISBN : 978-4-86677-151-9